D1383993

# LEONIS
## LE TOMBEAU DE DEDEPHOR

## Dans la série Leonis

*Leonis, Le Talisman des pharaons*, roman, 2004.

*Leonis, La Table aux douze joyaux*, roman, 2004.

*Leonis, Le Marais des démons*, roman, 2004.

*Leonis, Les Masques de l'Ombre*, roman, 2005.


## Roman pour adultes chez le même éditeur

*Le Livre de Poliakov*, roman, 2002.

MARIO FRANCIS

# Leonis
# Le tombeau
# de Dedephor

Les Éditions des Intouchables bénéficient du soutien financier de la SODEC, du Programme de crédits d'impôt du gouvernement du Québec, du PADIÉ et sont inscrites au Programme de subvention globale du Conseil des Arts du Canada.

LES ÉDITIONS DES INTOUCHABLES
2316, avenue du Mont-Royal Est
Montréal, Québec
H2H 1K8
Téléphone : (514) 526-0770
Télécopieur : (514) 529-7780
www.lesintouchables.com

DISTRIBUTION : PROLOGUE
1650, boulevard Lionel-Bertrand
Boisbriand, Québec
J7H 1N7
Téléphone : (450) 434-0306
Télécopieur : (450) 434-2627

Impression : Transcontinental
Infographie, logo et maquette
de la couverture : Benoît Desroches
Illustration de la couverture : Emmanuelle Étienne

Dépôt légal : 2005
Bibliothèque nationale du Québec
Bibliothèque nationale du Canada

ISBN 2-89549-169-0

# 1
# LA HYÈNE BLESSÉE

Hay s'éveilla en grimaçant. Son épaule gauche le faisait affreusement souffrir. Il sentit aussitôt son corps vigoureux couvert de sueur. Pourtant, il tremblait de froid. Le gaillard ouvrit les yeux. Son regard rencontra un pan de plafond sur lequel on avait peint une vigne. Au prix d'un horrible élancement, il tourna la tête pour examiner l'endroit où il était étendu. La pièce était sobre et la lumière du jour pénétrait par une fenêtre étroite. Des poussières dansaient dans un rayon de soleil. Sur une table basse qui se trouvait à une coudée de la natte sur laquelle il gisait, Hay remarqua un vase de schiste bleu. Un gobelet métallique l'accompagnait. L'homme passa la langue sur ses lèvres. Sa bouche était sèche et il avait l'impression que des braises emplissaient sa gorge. Jamais il n'avait eu aussi soif. Il envoya une main gourde et tremblotante à la rencontre du vase. Son bras décrivit un arc de cercle involontaire et ses jointures heurtèrent l'embouchure du récipient qui se renversa. L'eau qu'il contenait se répandit sur le plancher de dalles. Le vase tomba sur le sol. Hay émit un grognement de contrariété et referma les paupières.

Dans la pièce voisine, Khnoumit sursauta. Elle se dirigea d'un pas précipité vers la chambre du blessé. En entrant, elle remarqua que le vase était tombé. Hay semblait dormir. La dame l'observa un moment. Malgré sa faiblesse, cet individu demeurait inquiétant. Il faisait partie des troupes d'élite des ennemis de l'empire d'Égypte. Depuis une semaine, Khnoumit s'efforçait d'oublier qu'elle soignait un assassin. Toutefois, tandis qu'elle nettoyait et pansait les multiples blessures de Hay, ses yeux ne pouvaient ignorer la cicatrice violacée qui marquait son torse. Cette empreinte au fer rouge représentait un serpent étouffant le soleil dans ses anneaux. Il s'agissait du symbole des adorateurs d'Apophis. Même si cette force occulte était dirigée par son frère Baka, Khnoumit avait toujours préféré s'en dissocier. Ces funestes hordes avaient pour but d'imposer les ténèbres et le chaos sur le royaume des Deux-Terres[1]. Cette armée

---

1. LES DEUX-TERRES: LE ROYAUME COMPORTAIT LA BASSE-ÉGYPTE ET LA HAUTE-ÉGYPTE. LE PHARAON RÉGNAIT SUR LES DEUX-TERRES.

comptait des milliers de fanatiques prêts aux pires atrocités pour réaliser les sordides projets de vengeance de leur maître. Hay était l'un d'eux. En le soignant, Khnoumit avait parfois l'impression de porter secours à une bête malfaisante.

Le regard rivé sur le blessé, la dame s'avança dans la pièce. En percevant le glissement léger de ses pieds nus sur les dalles, Hay ouvrit de nouveau les yeux. Khnoumit s'immobilisa. L'homme la reconnut et il fit un effort pour sourire à la sœur de son maître. D'une voix rauque, il soupira :

— J'ai soif. Je vous en prie, estimable Khnoumit, donnez-moi à boire.

Sans rien dire, Khnoumit ramassa le vase intact et quitta la pièce. Elle revint rapidement avec une jarre d'eau fraîche. Elle remplit le gobelet qui se trouvait sur la table avant de s'agenouiller auprès du blessé. Ce dernier souleva la tête avec peine. Khnoumit l'aida en glissant une main sous sa nuque. La sœur de Baka porta le gobelet aux lèvres de Hay en disant :

— Il faut boire lentement, Hay. Depuis une semaine, je vous abreuve une goutte à la fois en utilisant une tige de roseau.

La première gorgée, bien que peu généreuse, déchira le gosier de Hay. Le malheureux eut l'impression d'avaler un fragment de pierre aux arêtes tranchantes. Il toussa et Khnoumit retira le gobelet. Les traits du blessé se crispèrent. Il se racla la gorge et, d'un signe du menton, il signala à la dame qu'il voulait continuer. Par petites doses, Hay parvint à apaiser un peu sa soif. La femme ôta sa main et le gaillard posa la tête sur sa couche afin de reprendre son souffle. Lorsque ce fut fait, il demanda:

— Je suis ici depuis une semaine?

— Oui, Hay, répondit Khnoumit, sans chaleur. Vous êtes arrivé ici avec Hapsout. Vous aviez une flèche plantée dans l'épaule et des blessures sur tout le corps. Hapsout nous a expliqué que vous aviez été attaqués par des archers de l'Empire et aussi par des… par des centaines de chats[2]. En entrant, vous vous êtes évanoui. Un médecin faisant partie des adorateurs d'Apophis a retiré la flèche. Selon lui, cette blessure n'était pas trop grave, mais vous aviez perdu beaucoup de sang. Vous étiez faible et les plaies causées par les chats vous ont rendu très malade. Une violente fièvre s'est emparée de vous. Pendant des jours, vous avez déliré. Vous avez failli mourir, Hay.

---

2. Voir *Leonis tome 4 les Masques de l'Ombre*.

— Où est Hapsout ?

— Il a rejoint le Temple des Ténèbres avec le maître Baka. Dans votre état, vous ne pouviez faire le voyage. Ils vous ont donc laissé ici.

— Mes souvenirs ne sont pas très clairs, soupira Hay. Je me rappelle que, ce soir-là, mon ami Amennakhté est mort. Je me souviens aussi de l'assaut des chats et de la flèche qui m'a transpercé l'épaule. Mais je ne sais pas comment nous avons réussi à fuir... J'espère que le maître Baka comprendra que j'ai quitté le combat parce que Hapsout me l'a ordonné. S'il ne l'avait pas fait, soyez assurée que j'aurais combattu jusqu'à la mort.

Khnoumit émit un rire bref et chargé de mépris. Elle se leva et toisa longuement l'adorateur d'Apophis avant de rétorquer :

— Pauvre fou. Vous êtes prêt à donner votre vie pour les ridicules ambitions de mon frère.

Le combattant fixa la dame d'un air médusé. Sur un ton hésitant, il fit :

— Comment pouvez-vous dire une chose pareille, Khnoumit ? Notre cause...

— Il s'agit de « votre » cause, corrigea la sœur de Baka. Ne dites pas « notre » cause, car les horreurs que vous commettez ne me concernent pas. J'ignore comment s'y prend mon frère pour vous envoûter tous comme il le fait. Comment pouvez-vous désirer la fin d'un monde si beau? Comment pouvez-vous croire aux absurdités que déclame Baka? Voyez où cela vous mène. Votre compagnon est mort, Hay. Je vous ai rarement rencontré, mais chaque fois que cela arrivait, vous étiez avec Amennakhté. Votre amitié était évidente. Ne comprenez-vous pas que ce malheureux est mort pour rien?

— Il est mort en combattant! siffla l'homme entre ses dents. Amennakhté est mort en héros pour la cause!

Khnoumit balaya l'air de la main. D'un air agacé, elle déclara:

— J'aurais dû vous laisser mourir, Hay. Ainsi, vous seriez également devenu l'un de ces inestimables héros. Évidemment, mes paroles ne parviendront jamais à vous faire entendre raison. Vous n'êtes qu'une figurine entre les mains de Baka... Enfin. Peu importe. Mon frère m'a demandé de vous soigner. Vous resterez donc dans cette demeure jusqu'au moment où vous serez en état de partir. À mon avis, vous en avez au moins pour deux semaines. D'ici là, je vous demande de vous tenir loin de la petite sœur du sauveur de l'Empire. Depuis le jour où elle a franchi le porche de cette propriété, cette pauvre Tati est heureuse. Elle n'a rien à voir avec les adorateurs d'Apophis. Elle ne doit pas savoir que son frère Leonis est votre ennemi. Lorsque vous quitterez cette chambre, vous enfilerez une tunique. Je ne tiens pas à vous voir exhiber l'horrible cicatrice qui marque votre torse.

— Tati est toujours dans cette maison ? s'étonna l'homme. J'avais cru que le maître Baka la ferait conduire au Temple des Ténèbres.

— La sœur de l'enfant-lion est désormais sous ma protection. Cette fillette n'était qu'une misérable esclave. Son emprisonnement dans un cachot du temple ne changerait rien. Il serait inutile de la tourmenter, car elle ne pourrait vous mener à Leonis. Avec le temps, ce garçon est devenu un étranger pour la petite. Elle serait sans doute incapable de le reconnaître aujourd'hui. Mon frère possède l'appât qu'il désirait. Ce qui compte, c'est que Tati demeure notre prisonnière. Pour le reste, j'aime bien cette fillette. Tant que je serai vivante, personne parmi vous ne lui fera de mal.

— Je n'ai jamais voulu causer de tort à la sœur de Leonis, répliqua Hay. Amennakhté et moi avons été très gentils avec elle. Mon compagnon lui a même acheté une poupée. Le jouet est tombé dans le Nil, mais j'ai promis à Tati de lui en acheter un autre. Au fond, nous l'aimions bien, cette gamine…

— Les gens comme vous sont incapables d'aimer, Hay. Votre ami est mort il y a une semaine et cela ne semble pas vous chagriner. Si mon frère vous avait demandé de tuer Tati, c'est sans l'ombre d'une hésitation que vous l'auriez fait.

— J'aurais dû obéir aux ordres, Khnoumit. Je suis une Hyène. Je combats dans les troupes d'élite des adorateurs d'Apophis. Il faut être adroit, fort et implacable pour afficher le symbole qui marque ma poitrine. Cette cicatrice ne désigne que des hommes extrêmement courageux et dévoués. Lorsque le fer rouge qui l'engendre touche la peau, aucune douleur n'est comparable. Malgré tout, celui qui reçoit cet honneur ne doit pas hurler. Il ne doit même pas gémir. Je suis fier de porter cet emblème. Ceux qui l'arborent sont des guerriers que rien ne peut arrêter.

Khnoumit secoua vivement la tête de gauche à droite. Sa longue chevelure noire et bouclée se déploya en faisceaux légers avant de retomber sur ses épaules nues. Ses lèvres charnues dessinèrent un sourire féroce qui dévoila ses dents blanches et régulières. La sœur de Baka avait dix ans de plus que Hay. Toutefois, s'il ne l'avait pas su, le blessé eût pu jurer qu'elle était beaucoup plus jeune. Durant un moment, il fut subjugué par sa grande beauté. L'étincelle d'engouement qui animait le regard de l'homme s'éteignit lorsque Khnoumit proféra :

— Pour moi, cette marque au fer rouge ne représente que peu de choses. Elle symbolise surtout le fanatisme et la stupidité. Vous n'êtes qu'un assassin, Hay. Un brutal et méprisable assassin.

Sur ces paroles, Khnoumit quitta la pièce. Hay asséna un furieux coup de poing sur le plancher de dalles. Un cruel élancement lui parcourut l'échine. Il ferma les yeux et prit quelques profondes inspirations. Sa souffrance s'atténua, mais les mots de son hôtesse résonnaient encore dans son esprit. Comment la sœur du maître des ennemis de la lumière pouvait-elle parler ainsi ? Baka savait-il que Khnoumit dénigrait de la sorte la redoutable et admirable puissance qu'il avait créée ? Hay était ébranlé. Une femme venait de l'humilier. Il tenta de chasser les sombres pensées qui l'affligeaient. Sa tentative fut vaine. La honte remplissait son cœur.

Le soir où il avait été blessé, rien n'avait fonctionné comme prévu. Ce matin-là, Hapsout avait fait parvenir un message à l'enfant-lion. Ce papyrus spécifiait que, s'il tenait à revoir sa petite sœur vivante, Leonis devrait se rendre seul à un rendez-vous qui aurait lieu dans les ruines d'un temple.

L'adolescent était venu. Pendant un instant, Hay avait eu la certitude que le sauveur de l'Empire allait périr. Il était là, à la portée des pointes acérées de leurs lances. Il eût fallu agir tout de suite. Mais ce stupide Hapsout avait eu envie de bavarder avec l'enfant-lion. Un événement inconcevable s'était ensuite produit. Des centaines de chats avaient jailli de l'ombre pour se jeter sur Hay, Amennakhté et Hapsout. On eût dit que tous les chats de Memphis s'étaient regroupés pour venir en aide à Leonis. Les trois hommes seraient morts si les félins n'avaient pas brusquement interrompu leur agression. Comme si elles eussent répondu à un imperceptible signal, les bêtes avaient abandonné l'assaut pour s'éclipser dans la nuit. Amennakhté avait pu lancer le cri de ralliement des ennemis de la lumière. Les neuf adorateurs d'Apophis qui attendaient non loin de là s'étaient alors approchés des ruines. L'enfant-lion avait trouvé refuge dans la cour du temple. On avait lancé trois véritables hyènes à sa poursuite et les archers avaient pris position devant le portique hypostyle de l'ancien lieu de culte. C'est à cet instant que l'ennemi s'était manifesté. Huit adorateurs du grand serpent étaient tombés sous les flèches des soldats de l'Empire. Amennakhté était du nombre. Hay avait été touché à l'épaule en tentant de secourir son ami. Les alliés de Leonis étaient embusqués. Ils devaient être nombreux. Le piège qu'on avait tendu à l'enfant-lion s'était plutôt retourné contre les hommes de Baka. Hay ne pouvait dire si Leonis s'en était tiré. Le détestable Hapsout lui avait ordonné de le sortir de cette situation critique.

Hay songea à son compagnon Amennakhté. Khnoumit avait eu raison d'affirmer qu'une grande amitié avait lié les deux gaillards. En fait, Hay venait de perdre plus qu'un ami. Il venait de perdre un frère. Dans la solitude de la pièce, le blessé murmura:

— Amennakhté est mort en combattant. Il est mort en héros. Il est mort… Il… il est… mort…

Ce dernier mot s'étouffa dans un sanglot. Un sanglot discret, cependant. Il y avait bien longtemps que Hay n'avait pas pleuré. Ses larmes accentuèrent son humiliation. L'homme prit une longue goulée d'air et songea qu'il devait cet instant d'émotivité à l'extrême faiblesse qui l'affligeait. Il s'essuya les yeux et, peu de temps après, il se laissa envelopper par la torpeur. Le sommeil vint tout de même. Inconfortable et fragile.

# 2
# LES PÉRILS
# DU ROYAUME

Ankhhaef s'immobilisa dans l'ombre d'un saule. Sans être vu, il considéra longuement le sauveur de l'Empire. Leonis était assis seul dans l'herbe drue des jardins du palais royal de Memphis. Un rouleau de papyrus déployé sur les genoux, il écrivait. Le regard de l'homme de culte brillait d'admiration. En moins d'une saison, cet adolescent avait maintes fois prouvé qu'il était l'élu annoncé par l'oracle de Bouto. Avant l'arrivée au palais de ce jeune esclave, la fin de l'empire d'Égypte semblait inévitable. Personne dans l'entourage de Pharaon n'eût osé l'exprimer à haute voix, mais il devenait de plus en plus évident que le grand cataclysme promis par le dieu-soleil ne pourrait être écarté. Heureusement, au bout de trois années de recherches, on avait enfin trouvé l'enfant-lion. Cet événement avait ravivé l'espoir. Dès sa première mission, Leonis s'était montré à la hauteur de ce qu'on attendait de lui. Il avait rapporté le talisman des pharaons et l'accès à la table solaire avait été révélé. Cette table était destinée à recevoir douze joyaux. Ces précieux objets constitueraient l'offrande suprême qui apaiserait la colère du dieu Rê. Un mois auparavant, Leonis et ses deux vaillants compagnons, Montu et Menna, avaient gagné le delta du Nil pour partir en quête d'un coffre contenant trois de ces douze joyaux. Cette excursion avait été couronnée de succès. Le coffre se trouvait maintenant en lieu sûr dans une salle de la demeure royale.

En arrivant au palais, ce matin-là, le grand prêtre avait rencontré le commandant Neferothep. Le chef de la garde de Mykérinos lui avait communiqué une étonnante nouvelle. Leonis et ses amis avaient enfin démasqué l'espion mandaté par les adorateurs d'Apophis qui sévissait depuis des années dans l'entourage de Pharaon. Par le passé, de nombreuses enquêtes avaient été menées dans le but d'identifier ce scélérat. Toutefois, le traître avait si bien accompli sa basse besogne que personne n'avait pu le surprendre ni même le suspecter. En démasquant le malheureux jardinier Tcha, les jeunes aventuriers venaient de réaliser un autre impressionnant exploit.

Ankhhaef se dirigea vers Leonis. Ce dernier leva les yeux. Lorsqu'il vit l'homme, l'enfant-lion le gratifia d'un sourire. En déposant son calame, il lança :

— Bonjour, grand prêtre.

— Bonjour, mon garçon. À ce que je vois, je te dérange en plein travail.

— Ce n'est rien, assura l'enfant-lion. Depuis que je suis ici, je m'efforce d'écrire le plus souvent possible. Je n'avais que cinq ans lorsque mon père Khay a commencé à m'enseigner l'écriture. J'apprenais vite. Par malheur, mon père est mort trois ans plus tard. À cette époque, je savais lire et écrire, mais ma technique était loin d'être parfaite. Je n'ai jamais cessé de m'exercer. Sur le chantier où je besognais comme esclave, je traçais les hiéroglyphes dans le sable en utilisant un bâton. Je n'ai rien oublié des enseignements de mon père. Pour le moment, je ne pourrais pas affirmer que je suis un scribe, mais il ne me manque que peu de connaissances pour le devenir.

Leonis avait abandonné son rouleau de papyrus et il s'était levé. Ankhhaef posa une main sur l'épaule de l'adolescent. Il l'observa un moment en hochant doucement la tête.

Ensuite, sur un ton empreint de fierté, il déclara :

— Neferothep m'a informé à propos de l'espion. Encore une fois, tes compagnons et toi avez su démontrer votre grande valeur.

— Nous devons surtout cette réussite à l'intelligence de Montu, grand prêtre. Mon ami ne cessera jamais de m'étonner. Je dois quand même avouer que, dans cette histoire, nos sentiments sont partagés. Nous pouvons être fiers et ravis d'avoir démasqué ce traître, mais la mort du pauvre Tcha nous attriste tous. Malgré tout le mal que cet homme a fait, nous refusons d'admettre qu'il était méchant.

— En s'enlevant la vie, Tcha s'est soustrait à la justice des hommes, mais ses actes lui interdiront de franchir l'entrée du royaume des Morts. Son âme sera donc condamnée à l'errance éternelle. J'ai moi-même été très étonné et navré d'apprendre que ce malheureux était un traître. Il semblait vraiment trop naïf et aimable pour éveiller nos soupçons. De plus, il utilisait des souterrains pour accomplir son odieuse tâche. Il pouvait ainsi écouter des conversations se déroulant dans chaque pièce du palais royal. Comment aurions-nous pu soupçonner un jardinier ? Tcha n'avait pas accès au palais et nous avons toujours cru que l'espion faisait partie de la cour. En perdant l'Ombre, les adorateurs d'Apophis ont perdu un élément important.

— Oui, approuva l'enfant-lion. Désormais, nous pourrons poursuivre la quête des douze joyaux sans avoir sans cesse les ennemis de la lumière à nos trousses. Nous devrons malgré tout demeurer prudents. Les adorateurs d'Apophis surveillent les rues et les entrées de Memphis. Comme nous avons pu le constater lors de notre retour des marais, ces scélérats sont partout. Il y a des soldats de l'Empire parmi eux. L'un des gardiens du portail nord était à la solde de Baka.

— Le vizir Hemiounou a donné des directives en ce sens, Leonis. Maintenant, les patrouilles sont plus nombreuses dans la cité. Chacun des portails est gardé par six soldats dont la loyauté n'est plus à prouver. En apparence, il n'y a toujours que deux sentinelles par portail. Les autres combattants sont embusqués. Nous ne voulons pas que les gens de la ville remarquent que la surveillance est plus importante qu'avant. Le peuple ne doit guère connaître l'existence des adorateurs d'Apophis. Le maître de ces troupes malfaisantes est Baka. Comme tu le sais, ce roi indigne a été chassé du trône par son cousin Mykérinos, mais ce dernier a commis l'erreur de lui laisser la vie sauve. Les sujets de Pharaon ne sont pas au courant et il est préférable que les choses demeurent ainsi. Si le peuple savait que Baka a autrefois été épargné et qu'il a constitué ses propres troupes, il finirait par s'interroger. La rumeur concernant le grand cataclysme se répandrait rapidement et le règne de Mykérinos serait menacé. Puisque l'erreur du roi a provoqué la colère du dieu-soleil, les hommes en déduiraient que l'unique façon d'empêcher la fin des fins serait de chasser Pharaon du trône d'Égypte.

— Je n'en doute pas, grand prêtre. Ce serait terrible, car si cela arrivait, l'offrande suprême ne pourrait jamais être livrée. En chassant Mykérinos, le peuple d'Égypte se condamnerait par la même occasion. Je me demande ce qui pousse les adorateurs d'Apophis à demeurer dans l'ombre. S'il veut causer du tort à Mykérinos, pourquoi Baka ne fait-il pas savoir aux gens qu'il est toujours vivant ?

— Les troupes de Baka ne doivent pas être prêtes à affronter celles de l'Empire. La chute de Pharaon compliquerait la tâche aux enne-mis de la lumière. Un nouveau roi mettrait assurément tout en œuvre pour éliminer ces brigands. Pour l'instant, Mykérinos ne peut révéler sa faute au peuple. Baka profite de cette situation. Le grand cataclysme doit survenir dans moins de trois ans. À mon avis, les adorateurs d'Apophis attendent patiemment que ce moment arrive. Leur but serait de voir l'avènement d'un monde baigné de ténèbres. La colère de Rê comblerait ce désir. Comment peut-on désirer un environnement semblable? J'ignore tout des ambitions de Baka, Leonis. Je ne peux comprendre les motifs de ce fou. Lorsqu'il était roi, il a voulu obliger ses sujets à vouer un culte unique au grand serpent Apophis. Depuis son expulsion, Baka et ses lugubres brigades nuisent aux activités du royaume. Les gens ne sont pas stupides. Ils sont nombreux à savoir que l'Empire a un ennemi. Ils ne connaissent toutefois pas cet ennemi.

— Là, vous vous trompez, grand prêtre, déclara Leonis. Lors de notre dernière rencontre, le vizir m'a annoncé l'enlèvement de ma petite sœur. Cette nouvelle m'a fait très mal et je suis rentré chez moi. Montu et Menna m'ont accompagné. Ce soir-là, nous ne vous avons pas fait le récit de notre périple dans les marais. Je dois donc vous mettre au courant de certains détails…

Leonis observa un bref silence. Il examina distraitement sa main droite tachée d'encre avant de continuer:

— Lorsque nous nous sommes engagés sur le fleuve pour partir à la recherche du premier des quatre coffres, nous avons été escortés par des pêcheurs. Menna avait demandé à ces hommes d'assurer notre sécurité. Cette brillante initiative nous a sauvé la vie. Aux environs d'Abou Roash, deux barques rapides se sont lancées à notre poursuite. Elles étaient occupées par vingt-neuf adorateurs d'Apophis. Les pêcheurs ont intercepté ces embarcations et nos ennemis sont tous morts. Les hommes du Nil n'ont pas agi ainsi afin de protéger le sauveur de l'Empire. Ils ne connaissaient pas mon identité. Menna leur avait simplement raconté que j'étais le fils d'un personnage important qui avait reçu des menaces de la part de Baka. Les pêcheurs voyaient en moi l'appât idéal. Ils ont accepté de nous escorter en espérant que les adorateurs d'Apophis se montreraient. Leur désir a été comblé. Les hommes de Baka ont été tués par vengeance. Les pêcheurs connaissent bien les ennemis de la lumière, grand prêtre. Ils subissent souvent les menaces de ces canailles. Beaucoup de leurs compagnons ont trouvé la mort en refusant de joindre les rangs des adorateurs du grand serpent. Si les pêcheurs en savent autant sur Baka et ses hordes, il est bien probable que le peuple d'Égypte soit davantage au courant que vous ne le soupçonniez.

Ankhhaef semblait contrarié. Il se massait le menton en affichant un air songeur. Sur un ton affligé, il confessa :

— Je dois admettre que j'ai peur, mon garçon. Je ne peux ignorer les bavardages de plus en plus nombreux qui circulent au sujet des adorateurs d'Apophis. Ton récit vient encore ajouter à mes craintes. Nous devons faire quelque chose avant qu'il ne soit trop tard. Pour l'instant, la plupart des gens qui entendent dire que Baka est vivant considèrent qu'il s'agit d'un mensonge. Le peuple vénère Mykérinos, mais la situation pourrait bientôt changer. L'offrande suprême doit être livrée dans quelques années. J'ai cependant l'impression qu'il nous faudra découvrir les douze joyaux avant ce délai. Si le peuple se révoltait contre Pharaon, cela mènerait à l'anéantissement de la glorieuse Égypte.

— Selon Menna, il faudrait tenter d'éliminer les adorateurs d'Apophis. Le commandant Neferothep est d'accord avec lui.

— Je le sais, Leonis. Neferothep m'a entretenu des plans de ton ami. Puisqu'il y a des traîtres parmi les soldats de l'Empire, Menna voudrait que des troupes soient entraînées dans le but exclusif d'affronter les ennemis de la lumière. Cette armée serait parallèle à celle du royaume et elle s'exercerait au combat dans un endroit tenu secret. Je ne trouve pas cette idée mauvaise, mais elle est plutôt ambitieuse. Il faudra en parler au vizir. J'ignore si Pharaon accepterait de donner suite à un tel projet. Nous le saurons dans quelques jours. Mykérinos est en route pour Memphis. Il sera bientôt de retour au palais.

— J'ai vraiment hâte. Nous allons enfin pouvoir ouvrir le premier coffre. Il y a deux semaines que Montu, Menna et moi sommes revenus des marais. Il nous tarde de reprendre la quête.

— J'espère que le coffre contient des indices qui pourront vous conduire aux trois prochains joyaux.

— Rien n'est certain, grand prêtre Ankhhaef. Sachez cependant que, quoi qu'il arrive, je ne renoncerai jamais. La route menant à l'offrande suprême n'a qu'une direction. Je ne peux guère revenir sur mes pas.

— En effet, brave Leonis, soupira Ankhhaef. Ce serait alors la fin des fins. Celle de l'Empire et celle de tous les hommes.

# 3
# LES TOURMENTS
# DE BAKA

Debout sur le balcon surplombant l'entrée du Temple des Ténèbres, Baka observait la salle souterraine qui abritait son repaire. D'ordinaire, c'est avec une profonde fierté que le maître des adorateurs d'Apophis posait les yeux sur les impressionnantes installations qu'il avait fait ériger. Sous la voûte de l'immense caverne se trouvait un véritable village. Cinquante maisons avaient été bâties autour d'un vaste espace entouré de flambeaux. Le sol de cette place circulaire était constitué de dalles de granit. Au centre de ce cercle, on pouvait admirer une mosaïque faite de fragments de faïence. Cet ouvrage compliqué représentait évidemment le symbole des adorateurs du grand serpent. Une allée partait de la place pour rejoindre un large bassin dans l'eau duquel se reflétaient les silhouettes sombres de quelques colosses de pierre. En contournant ce bassin alimenté par une source, on accédait à l'escalier menant au magnifique temple creusé dans la paroi rocheuse.

Habituellement, Baka sortait sur ce balcon baigné d'obscurité afin de contempler le décor qui se déployait en contrebas. Mais, ce jour-là, même la singularité de sa fabuleuse tanière n'eût pu éloigner le maître des tourments qui l'accablaient. Depuis quelques mois, les choses allaient mal pour Baka et ses hordes. L'arrivée de l'enfant-lion au palais royal de Memphis avait engendré une succession de cuisants revers dans les rangs des ennemis de l'Empire. Trois jours auparavant, le maître des adorateurs d'Apophis avait appris une nouvelle qui l'avait sidéré. Un messager était venu lui annoncer que l'Ombre, cet exceptionnel espion qui œuvrait depuis quinze ans dans l'enceinte du palais principal de Mykérinos, avait fort probablement été démasqué. Le récit de l'envoyé laissait peu de place au doute. L'Ombre ne donnait plus signe de vie et des soldats avaient investi la demeure du vieux Ramosé. Ce dernier habitait à quelques rues du palais. Sa tâche consistait à recevoir les missives que l'espion lui faisait parvenir par le truchement de babouins dressés à cet effet. Ramosé attachait chaque message reçu à la patte d'un pigeon qui s'envolait vers le Temple des Ténèbres. Dans son ultime billet, l'Ombre avait écrit que Leonis et ses amis étaient sur sa piste. Il avait aussi précisé que ses babouins étaient en cage et que les renseignements seraient désormais difficiles à livrer. Le morceau de papyrus contenait une ligne plus troublante encore. L'espion annonçait à son maître qu'un adorateur d'Apophis était enfermé dans un cachot du palais royal. Ce combattant avait été fait prisonnier dans les ruines de l'ancien temple de Ptah. Cette nuit-là, les ennemis de la lumière avaient tenté de piéger l'enfant-lion. Le traquenard n'avait pas fonctionné. Baka avait perdu neuf combattants dans cette mésaventure. Avant de recevoir le message de l'Ombre, le maître croyait que ces neuf hommes avaient tous été tués. Il eût mieux valu qu'il en fût ainsi. Un seul prisonnier dans les cachots de l'Empire pouvait causer plus de torts que la mort de cent guerriers. Parce que les morts, eux, ne pouvaient parler. L'homme emprisonné au palais était un membre des troupes d'élite. Ce genre de combattant pouvait subir mille tortures sans rien avouer. En dépit de cette conviction, Baka était inquiet. Si le captif renseignait Mykérinos sur l'emplacement du Temple des Ténèbres, les adorateurs d'Apophis ne pourraient repousser l'assaut inévitable des soldats du pharaon.

Baka quitta le balcon pour réintégrer sa chambre. Une lampe de cuivre éclairait faiblement l'endroit. Il entendit des pas dans le couloir et une silhouette apparut sous le linteau ouvragé de la porte. Il s'agissait du vieux prêtre Setaou. Ce personnage procédait aux cérémonies se déroulant dans l'enceinte du Temple des Ténèbres. Il portait une tunique noire ornée de l'emblème des ennemis de la lumière. L'homme de culte salua Baka en posant un genou par terre. D'une voix teintée de respect, il interrogea :

— Vous m'avez demandé, maître ?

— Oui, Setaou, répondit simplement Baka.

La voix du chef trahissait son angoisse. Le prêtre se leva et fit quelques pas dans sa direction. Ils s'entreregardèrent durant un moment et le vieil homme constata :

— Les tourments vous rongent, maître. Je sais que les dernières nouvelles que vous avez reçues n'avaient rien de réjouissant, mais vos sujets n'ont pas encore eu vent des récentes difficultés rencontrées par nos brigades. Les adeptes ne doivent surtout pas lire cette inquiétude sur votre visage…

— Sois tranquille, Setaou. Mes sujets ne remarqueront rien de mes préoccupations.

Je dois cependant admettre que je ne sais plus que faire pour secouer mes hordes. Nos échecs sont inacceptables. Jusqu'à présent, l'enfant-lion a surmonté toutes les embûches que nous avons semées sur sa route. Nous avons perdu près de cinquante de nos meilleurs combattants en tentant d'assassiner ce vulgaire gamin. Il faut des années d'entraînement à un homme pour qu'il devienne digne de figurer dans nos troupes d'élite. Les pertes subies depuis quelque temps nous ont fait mal. Les combattants de qualité sont rares. Désormais, je ne pourrai plus condamner à mort ceux qui échoueront. Comment pourrai-je forcer mes hommes à l'obéissance si je ne les punis plus pour leurs insuccès ?

— Tous les adorateurs d'Apophis ont foi en notre cause, maître. S'ils échouent dans leurs missions, ce n'est certainement pas par manque de volonté. Vous-même, vous affirmez encore que Leonis n'est qu'un vulgaire gamin. Je crois que nos échecs viennent du fait que nous sous-estimons le sauveur de l'Empire. Jusqu'à ce jour, ceux qui ont attaqué Leonis avaient l'impression de poursuivre un fragile oryx. En vérité, ce garçon est un redoutable fauve. De plus, les dieux semblent le protéger. Il y a peu de temps, pendant une embuscade, un lion blanc est venu à sa rescousse. Un phénomène semblable s'est aussi produit dans les ruines du temple de Ptah. Des centaines de chats se sont rués sur nos hommes. Il est impossible d'ignorer ces prodiges. Nous pouvons détester Leonis. Toutefois, nous ne devons plus le mépriser. Le sauveur de l'Empire est un être brave, volontaire et brillant. Il ne doit guère ses réussites au hasard. La défaite de nos guerriers dans les ruines du temple de Ptah a démontré que Leonis est endurci. Il savait que sa petite sœur était notre prisonnière. Notre message précisait qu'il devait se présenter seul à ce rendez-vous s'il voulait revoir la gamine vivante. Pourtant, il est venu avec des soldats. Il se moquait bien du sort de la petite. Nous pensions l'attraper, mais c'est plutôt lui qui se tenait du bon côté du filet.

— Tu parles avec sagesse, Setaou. J'avais la certitude que l'enfant-lion aimait sa sœur. Je me suis trompé. Il voulait la retrouver et nous avons cru qu'elle était très importante pour lui. Au fond, son indifférence ne m'étonne pas. Il y a peu de temps, ce garçon était un esclave. Maintenant, il habite l'enceinte du palais royal et mon cousin Mykérinos le couvre de richesses. Le sort de sa misérable sœur ne doit probablement plus le préoccuper.

Baka fit quelques pas dans la pièce sombre. Il fit craquer ses phalanges, passa une main fébrile sur son crâne chauve et poursuivit :

— Nous avons gâché de belles occasions, Setaou. Tout indique que notre espion a été démasqué. Si cela est vrai, nous n'obtiendrons plus le moindre renseignement en provenance de l'enceinte du palais.

— En effet, acquiesça le prêtre. Selon moi, il faut oublier l'Ombre. Sa chute est un événement désastreux pour nous. À l'avenir, lorsque l'enfant-lion quittera le palais royal, nous n'en saurons rien. Il sera difficile de traquer ce garçon. L'Ombre aura au moins eu le temps de nous apprendre que les trois premiers joyaux sont parvenus à Memphis. Il en reste neuf à découvrir afin que l'offrande suprême soit livrée. Ce jour est encore loin. Nous sommes forcés d'espérer que le sauveur de l'Empire trouvera la mort durant sa mission.

Il y eut un bruit discret dans le couloir. Baka se retourna pour arrêter son regard sur le rectangle noir de la porte. Une ombre se détacha alors des ténèbres. Il s'agissait de Touia, l'une des épouses de Baka. Le maître des adorateurs d'Apophis l'accueillit avec acrimonie :

— Tu écoutes aux portes, maintenant, Touia !

— Allons, maître, répliqua la femme d'une voix sans chaleur. J'étais simplement venue voir si vous alliez bien. Vous étiez absent durant le repas et…

— J'avais demandé de ne pas être dérangé, Touia ! As-tu entendu notre conversation ?

— À peine, maître, je…

Baka s'avança prestement vers son épouse. Il lui saisit un bras et le serra si fort qu'elle émit un cri. Sur un ton hargneux, il l'interrogea de nouveau :

— As-tu entendu cette conversation, Touia ?

— Ou… oui… maître… J'ai enten… entendu.

— Dans ce cas, ma lionne, il faut que tu me promettes de ne rien répéter à qui que ce soit.

— Je… je le promets, maître, répondit Touia. Lâchez-moi, maintenant… vous me faites mal.

Baka libéra le bras nu de la femme. Cette dernière massa un moment ses muscles endoloris. Ensuite, contre toute attente, ses lèvres dessinèrent un sourire. Touia était très belle, mais quelque chose d'inquiétant émanait de sa personne. En raison de son impitoyable méchanceté, elle était devenue la favorite du maître des ennemis de la lumière. On la voyait souvent assise à la gauche de Baka dans la salle du trône. Lorsque le maître quittait le Temple des Ténèbres, Touia et Setaou représentaient l'autorité dans l'antre des adorateurs du grand serpent. Le prêtre était cependant plus influent que Touia. Il se consacrait au culte et il était le principal conseiller du maître. La femme veillait surtout à l'entretien et au ravitaillement du repaire. Les serviteurs et les esclaves étaient sous ses ordres.

Touia fit jouer ses doigts fins dans les mailles d'or du collier qu'elle portait. Elle ébaucha une moue qui se voulait enfantine, mais cette lippe boudeuse parvint à peine à atténuer la sévérité de ses traits. Aucune étincelle n'éclaira son regard méprisant. Setaou et Baka la toisaient d'un œil sévère. Touia ne semblait guère impressionnée. Elle rompit le silence de sa voix aussi froide que le reste de son être pour minauder :

— J'ai entendu votre conversation, maître vénéré. Seulement, cela ne doit pas vous inquiéter. Il faut me faire confiance. J'aurais dû vous avertir de ma présence, mais comme vous parliez du sauveur de l'Empire, je n'ai pu résister à l'envie d'écouter.

— De quel droit as-tu agi ainsi, Touia ? demanda Baka. Depuis quelque temps, tu as développé la fâcheuse manie de te mêler de choses qui ne te concernent pas.

— Votre bonheur me concerne, maître, répliqua son épouse. Vous semblez très tendu et je n'aime pas vous voir ainsi. Les conseils de Setaou sont d'une grande valeur. Cependant, j'ai parfois des idées qu'il vaudrait la peine de prendre en considération. Vous semblez avoir renoncé à utiliser la sœur de Leonis comme appât. Vous prétendez que l'enfant-lion est un être insensible. Comme vous le disiez, vous lui avez envoyé une missive qui l'avertissait de venir seul. Ce message était-il écrit ou avez-vous chargé un émissaire de le lui transmettre de vive voix?

— Il s'agissait d'un papyrus, expliqua Setaou. Hapsout nous a raconté qu'un enfant a été envoyé au palais pour donner le message aux soldats du poste de garde. Le gamin devait dire que ce message était destiné au sauveur de l'Empire.

— Et, selon vous, Leonis aurait la capacité de déchiffrer les hiéroglyphes? Ce serait vraiment exceptionnel pour un ancien esclave, non? Je connais les esclaves, messieurs. Les oies sont moins stupides que ces dégoûtantes créatures.

— Où veux-tu en venir, Touia? jeta Baka, exaspéré.

— À mon avis, Leonis a beau être brave et volontaire, je ne partage pas l'opinion de Setaou sur sa probable intelligence. Il a bien fallu que quelqu'un lui lise ce qu'il y avait d'écrit sur ce papyrus. Il ne pouvait donc garder le secret sur ce rendez-vous. Moi, je crois plutôt qu'il n'avait guère le choix de se rendre au temple avec une escorte de soldats. Malgré les richesses que le roi lui offre, le sauveur de l'Empire n'est qu'un captif. Il représente le salut du royaume. Mykérinos ne veut certainement pas le voir s'exposer à des dangers inutiles. Leonis ne pouvait pas risquer sa vie pour une petite pouilleuse. Les soldats ont profité de la perche que vous leur avez tendue. Ce soir-là, ils en ont profité pour éliminer quelques-uns de nos hommes. Celui qui a planifié cette embuscade a commis une erreur qui nous a coûté très cher.

— Tu dis n'importe quoi, Touia ! s'exclama le maître en balayant l'air de la main. Tu parles sans savoir ! Le combat n'est pas une affaire de femme ! Hapsout m'a assuré que Leonis était à la portée des lances de Hay et d'Amennakhté ! Mykérinos aurait-il osé prendre un tel risque ? Si les chats n'avaient pas attaqué nos hommes, l'enfant-lion serait mort ! Hapsout le jure sur Apophis et le dresseur de hyènes qui a survécu à l'assaut le confirme ! J'ignore comment il s'y est pris, mais l'enfant-lion savait que les chats interviendraient... Sans ces horribles bêtes, nos combattants seraient peut-être tombés sous les flèches des soldats de l'Empire, mais Leonis aurait au moins rejoint le royaume des Morts. Ce garçon est un sorcier... Il semble invincible et il en a conscience. Au temple de Ptah, il était certain de s'en sortir... Il y est venu en sachant que sa sœur courait un grave danger. Il y est venu de son propre chef et c'est sans doute lui qui a demandé aux soldats de l'accompagner. Ne me dis pas que nous pouvons encore utiliser Tati comme appât, Touia. Cet appât est rance, dorénavant. L'enfant-lion nous a sacrifié sa sœur.

— Tati est-elle toujours notre prisonnière? s'informa la femme avec un sourire pervers.

— Bien sûr qu'elle l'est toujours, affirma le maître.

— Où est-elle? J'aimerais bien la voir.

— Elle habite chez ma sœur Khnoumit. Pourquoi voudrais-tu la voir, ma lionne?

— Par simple curiosité, maître. J'aurais voulu savoir à quoi ressemble cette petite bête... Après tout, n'est-elle pas la sœur du sauveur de l'Empire? Malgré vos certitudes, j'aimerais vérifier si Leonis est aussi insensible que vous le prétendez. Pour s'en rendre compte, il suffirait de lui rendre sa petite sœur chérie.

— Tu es folle, Touia ! s'écria Baka.

— En vérité, je suis beaucoup plus folle que vous ne pouvez le penser, maître. Sans l'Ombre, l'enfant-lion ne sera plus inquiété par nos troupes. Il aura les coudées franches pour mener sa quête et, de triomphe en triomphe, son espoir et sa force grandiront. Ce qu'il faut, c'est trouver un moyen de l'accabler. Nous devons saper sa détermination.

— Et vous croyez qu'en lui rendant sa sœur, il sera malheureux ? interrogea Setaou.

— D'après moi, intervint Baka, lorsque Touia avance qu'il faudrait rendre Tati au sauveur de l'Empire, elle caresse l'idée de livrer le cadavre de cette fillette au palais royal. N'est-ce pas, ma lionne ?

— Vous me sous-estimez, maître. Mon idée est plus cruelle encore. Nous pourrions rendre Tati à Leonis un morceau à la fois. Un doigt un jour, une oreille un autre jour... Ce genre de présent fait toujours son effet. Même si celui qui le reçoit est très endurci.

Le maître des adorateurs d'Apophis et le prêtre Setaou échangèrent un regard stupéfait. Touia était vraiment la plus méchante des femmes. Jamais Baka n'avait vu les yeux de sa favorite aussi lumineux. Jamais la joie n'avait autant rayonné dans ce visage incessamment froid comme celui des statues.

# 4
# MÉRIT ET L'AMOUR

Montu sursauta lorsque Mérit pénétra en coup de vent dans la salle principale. La servante examina la pièce d'un œil inquisiteur. En apercevant le petit chien qui, tapi dans un coin, mâchouillait avec bonheur une jolie sandale de cuir, la jeune fille se précipita sur lui. Le chiot la vit venir. Il se dressa joyeusement sur ses pattes en secouant avec enthousiasme sa queue en trompette.

— Vilain chien! s'écria Mérit. Tu n'es qu'un vilain chien!

Malgré l'air menaçant de sa maîtresse, le chiot trépignait de joie. Il fit quelques bonds en tournant sur lui-même. La servante saisit la sandale abîmée. L'animal dressa les oreilles et lâcha quelques aboiements aigus afin d'inciter Mérit à lui rendre l'objet. Devant cette scène, Montu pouffa de rire. La servante posa sur lui des yeux furibonds.

— Il n'y a rien de drôle, Montu! lança-t-elle, courroucée. Cette semaine, ce petit monstre a ruiné trois paires de sandales! Cette chaussure appartient à Raya. Ma sœur sera furieuse lorsqu'elle reviendra de la ville!

— En vérité, corrigea Montu, ton chiot a brisé quatre paires de sandales, Mérit. Les miennes sont fichues. Ce matin, je les ai trouvées devant la porte de ma chambre. Elles étaient en pièces et elles dégoulinaient de bave.

— Tu ne m'en as rien dit.

— À quoi bon? Je déteste porter des sandales. Par contre, ce petit chien semble grandement les apprécier.

Mérit eut un sourire résigné. Elle abandonna la chaussure à la convoitise du chiot et vint s'asseoir auprès de Montu. L'œil amusé, elle déclara:

— J'adore ce petit chien. Il doit sans doute savoir que je suis incapable de le punir. Il se moque de moi.

— Pour dire vrai, ma chère Mérit, tu sembles aussi menaçante qu'un papillon de nuit.

— Prends garde, Montu, rétorqua la jeune fille en faisant mine d'être offusquée. Tu sais que je suis une redoutable combattante. Ma sœur et moi avons suivi un rigoureux entraînement. Je suis capable de faire mordre la poussière à un adversaire sans qu'il ait le temps de réagir.

— Je sais, Mérit, dit le garçon en riant. Tu peux maîtriser un homme, mais tu deviens inoffensive devant un mignon petit chien. Je sais de quoi vous êtes capables, Raya et toi. Ceux qui vous épouseront auront intérêt à se tenir tranquilles. Ils seront traités comme des dieux, ils mangeront comme des rois, mais il faudra qu'ils évitent de vous mettre en colère.

— Nous ne deviendrons jamais des épouses, Montu.

— Pour quelle raison? demanda l'adolescent en fronçant les sourcils.

— Raya et moi sommes dévouées à Leonis. Il est notre maître et il le sera toujours. Nous avons fait le serment devant Pharaon de servir l'enfant-lion à tout jamais. Si Leonis le demandait, nous aurions le devoir de l'accompagner au-delà du tombeau.

— C'est... c'est ridicule, Mérit. Leonis ne l'accepterait pas. Il n'accepte même pas de se faire appeler « maître ». Et puis, je suis certain qu'il n'est pas au courant que vous... que vous lui appartenez à ce point. Je connais bien mon ami. Je sais qu'il n'a aucune envie de vous voir sacrifier vos existences entières pour lui.

— Tu ne comprends pas, Montu. Ma sœur et moi serons heureuses de consacrer nos vies au sauveur de l'Empire. Nous sommes bien ici. Leonis est un merveilleux maître. Nous provoquons l'envie dans les rangs des servantes de la cour. Lorsque nous avons été choisies, de nombreuses jeunes filles aspiraient au privilège de servir dans la demeure de l'enfant-lion. Nos parents sont fiers de nous. Nous perpétuons une longue lignée d'excellents domestiques. La famille de mon père a été admise à la cour au temps du pharaon Khéops. Mon père Anoupou fut l'un des rares serviteurs à avoir servi Baka sans se faire éconduire après la chute de ce roi malfaisant. Il faut dire qu'il venait à peine d'être promu au service de Baka. De plus, notre lignée a toujours été loyale et fidèle. L'un de mes ancêtres était à Gizeh au moment de l'arrivée des premières briques de la grande pyramide de Khéops. Dans quelques années, Raya et moi serons sans doute présentes lors de la mise en place du pyramidion qui coiffera celle de Mykérinos.

— Vos parents étaient serviteurs et ils se sont mariés. Pourquoi n'auriez-vous pas le droit de faire la même chose?

— Nous sommes liées au sauveur de l'Empire, Montu. Même s'il est connu à la cour, ses allées et venues doivent demeurer secrètes.

Notre devoir est de le servir, de le soutenir et, surtout, de ne rien dévoiler de ses plans ni de sa mission. Leonis est un personnage particulier. Il lui fallait donc des servantes un peu spéciales. Celles qui seraient choisies devaient, bien entendu, savoir ravir tous les sens d'un noble seigneur. Le nez, la bouche, les oreilles et les yeux de l'élu annoncé par l'oracle devaient être satisfaits selon ses désirs. De plus, afin de l'assister dans son importante tâche, les jeunes filles appelées à servir sous son toit auraient l'obligation d'apprendre à écrire et à combattre. Ma sœur et moi sommes soumises à des règles strictes et l'appartenance entière à Leonis en fait partie. Nous avons fait ce choix, Montu. Notre enseignement a débuté trois ans avant la venue du sauveur de l'Empire. Nous étions prêtes et impatientes de le recevoir.

— Vous avez appris à faire toutes ces choses en seulement trois ans ! C'est incroyable !

— Pas vraiment. Nous n'avions que douze ans lorsqu'on nous a choisies, mais nous savions déjà accomplir la plupart des tâches qui incomberaient aux servantes de l'enfant-lion. Nous possédions même un sérieux avantage sur les autres candidates. L'un de nos oncles est scribe. Mon père ne sait pas lire, mais il tenait à ce que nous apprenions très jeunes les rudiments de l'écriture. Nous avions à peine six ans lorsque nous avons commencé l'apprentissage des hiéroglyphes. Mon père n'a pas regretté sa décision de nous faire instruire. Aujourd'hui, il prétend qu'il s'agissait d'une inspiration divine. Notre formation pour devenir les servantes de Leonis n'a duré que deux ans. Cette période fut surtout consacrée à l'enseignement du combat. Ensuite, quand cette demeure fut prête à recevoir Leonis, nous sommes venues l'habiter afin de veiller à la rendre chaleureuse et accueillante. À l'arrivée de notre maître, nous avons été surprises de constater qu'il savait lire et écrire. Ensuite, Menna est venu se joindre à vous. Menna est un impressionnant guerrier. Notre connaissance de l'écriture et notre habileté au combat sont moins utiles, maintenant. Nous pouvons donc nous dédier entièrement au confort et aux joies de cette maison. Il vaut mieux qu'il en soit ainsi, d'ailleurs… Car depuis que tu es là, Montu, nos journées sont surtout consacrées à la confection de délicieux petits plats !

— Tu es très drôle, Mérit, répliqua l'adolescent en plissant le nez. C'est vrai que je suis gourmand, mais pendant mes années d'esclavage, je devais me contenter de blé fade et d'eau tiède. Voilà que j'arrive dans une maison tenue par les deux meilleures cuisinières du royaume. Si mon ventre pouvait pleurer de bonheur, il le ferait.

— Heureusement que vous devez vous absenter pour mener la quête des douze joyaux. Tu finirais par devenir aussi rond que la lune, mon ami. De ton côté, tu devras te trouver une femme qui saura satisfaire ta gourmandise.

— J'ai l'intention d'apprendre à cuisiner. Ainsi, je ne serai jamais pris au dépourvu... Pour l'instant, je ne songe pas à me marier. Je n'ai que treize ans, Mérit. En fait, je ne les ai peut-être pas encore. Nous sommes en plein dans la saison durant laquelle je suis né. Mes parents ne retenaient pas les dates. Ils trouvaient que c'était sans importance. Enfin... Je trouve que je suis un peu jeune pour songer au mariage.

— Pas forcément. Le jour de leur union, ma mère avait quatorze ans et mon père en avait seize.

Les yeux de Montu s'arrondirent. Il fit une grimace et lança :

— Comment peut-on se marier aussi jeune? La vie n'est tout de même pas ennuyante à ce point. Moi, je veux m'amuser un peu avant d'épouser une femme. Le mariage, c'est pour les vieux.

— Tu n'as pas encore connu l'amour, Montu. C'est la raison pour laquelle tu parles ainsi. Mes parents ont tout de suite su qu'ils s'aimaient. Ils n'avaient pas envie d'attendre. Généralement, les serviteurs se marient entre eux. Ainsi, ils peuvent travailler, s'établir et fonder une famille sur le domaine de leur maître. Mon père a rencontré ma mère durant la belle fête de Rê. À cette époque, malgré son jeune âge, mon père Anoupou était déjà affecté aux coiffures royales. Ma mère était dévouée aux épouses de Mykérinos. Aujourd'hui, ils travaillent tous les deux au palais de Thèbes. Ils s'aiment toujours autant. Tu devrais les voir ! L'amour est vraiment une belle chose… Dans quelques années, Leonis épousera sans doute la princesse Esa. L'enfant-lion ne sera pas plus vieux que mon père l'était à l'époque où ce dernier a demandé la main de ma mère. Tu n'as qu'à observer les yeux de ton ami pour voir à quoi ressemble l'amour, Montu.

Le regard de Mérit était devenu rêveur. Elle fixait le vide en jouant avec un pli de sa robe légère. Le garçon se racla la gorge et murmura :

— J'ai bien vu l'amour dans les yeux de Leonis, Mérit. Toi, tu parles d'amour, mais au fond, tout comme moi, tu ne l'as pas vécu. Ta sœur et toi y avez même renoncé. On peut savoir que l'amour existe. Seulement, peut-on vraiment le connaître lorsqu'on ne le voit que dans le regard des autres?

Mérit s'extirpa des brumes de son rêve. Un tendre sourire se profila sur ses lèvres pleines. De sa voix douce, elle affirma:

— Raya et moi n'avons pas eu besoin de vivre l'amour pour le connaître. Nous sommes des filles.

— Qu'est-ce que ça change?

— Lorsqu'une fille vient au monde, l'amour est en elle. L'amour habite notre cœur comme le désir de voler habite le cœur de l'oiseau.

— C'est tout de même triste, Mérit.

— Qu'est-ce qui est triste, Montu?

— De savoir qu'un bel oiseau comme toi ne volera peut-être jamais.

# 5
# LE PROJET DE MENNA

Pendant un moment, Leonis arrêta son regard sur un loriot qui s'égosillait dans les branchages drus d'un grand arbre. De nombreux domestiques s'affairaient sur les pelouses du palais royal de Memphis. Des serviteurs astiquaient les statues et des jardiniers taillaient soigneusement les massifs de fleurs. Des guirlandes de coquelicots et de lotus décoraient l'entrée des pavillons et des chapelles. Pharaon arriverait demain. Pour l'occasion, il faudrait que l'aspect de sa grande demeure comble son regard de ravissement.

De la terrasse de sa maison située dans l'enceinte du palais, l'enfant-lion observait cette agitation d'un œil réjoui. L'arrivée de Mykérinos mettrait enfin un terme à l'ennui que ses amis et lui éprouvaient depuis deux semaines. Cette période de repos avait été nécessaire. Menna, Montu et Leonis avaient pu recouvrer leurs forces. Ils étaient ragaillardis et l'envie de repartir les brûlait. Dans peu de temps, le coffre renfermant les trois premiers joyaux serait ouvert. La quête reprendrait son cours.

D'un geste de la main, le sauveur de l'Empire salua Menna qui s'engageait dans l'allée menant à la demeure. Le combattant lui rendit son salut en s'informant :

— Est-ce que Montu est avec toi, Leonis ?

L'enfant-lion jeta un regard sur Montu. Le garçon dormait profondément dans un coin d'ombre de la terrasse. Leonis répondit :

— Son corps est là, mais j'ignore où est son esprit. Je suis persuadé que tu peux l'entendre ronfler de l'endroit où tu es.

— Réveille ce fainéant, mon ami. Il faut qu'on discute. Je monte vous rejoindre.

Menna s'engagea sous le porche. Leonis alla secouer le dormeur. Ce dernier ouvrit des yeux ahuris. Il s'appuya sur un coude et passa la main dans sa chevelure aux reflets roux. Sur un ton traînant, il grommela :

— Tu aurais pu me laisser dormir une toute petite heure. Je viens juste de m'assoupir.

— Tu dors depuis bientôt deux heures, mon vieux.

Montu s'assit sur sa natte, se frotta les yeux et bâilla. Il s'étira ensuite avec application avant de déclarer :

— Si je meurs avant toi, je me ferai construire un tombeau inviolable. De cette manière, tu ne pourras plus venir perturber mon sommeil.

Menna franchit la porte de la terrasse et vint s'asseoir auprès de ses compagnons.

— Y a-t-il du nouveau ? l'interrogea Leonis.

— Je viens de quitter le poste de garde. Neferothep et moi avons encore discuté du projet de constituer une troupe destinée à combattre les adorateurs d'Apophis. Le commandant m'a informé de l'existence d'un camp militaire abandonné depuis douze ans. Ce camp se trouve dans le Fayoum. Il est entouré de murailles et trois cents hommes peuvent y loger. Après toutes ces années, les baraquements ne doivent pas être en très bon état. Néanmoins, la reconstruction de ce site ferait un bon entraînement pour les soldats qui l'occuperont.

— Croyez-vous toujours que Pharaon sera d'accord avec cette entreprise ? demanda Montu.

— Nous le souhaitons, répondit Menna. S'il veut éliminer les adorateurs d'Apophis,

Mykérinos devra envisager cette possibilité. L'armée ne sait presque rien à propos des ennemis de la lumière. Dans la capitale, le nombre de patrouilles a augmenté, mais les soldats n'ont qu'une mince idée des forces qui menacent le royaume. Nos combattants sont assurément plus nombreux que ceux de Baka. Toutefois, aucun de nos hommes n'a vécu la guerre. De plus, il y a des traîtres parmi les soldats de l'Empire. Le jour où nous connaîtrons l'emplacement du repaire de l'ennemi, nous pouvons être certains que ces renégats sèmeront le chaos dans nos rangs. Vous savez à quel point il est important de taire l'existence des adorateurs d'Apophis. Les soldats de Pharaon ont des femmes, des familles, des amis. Les bavardages concernant l'existence de Baka ne tarderaient pas à se faire entendre et, forcément, le peuple finirait par tout savoir. Pour avoir les coudées franches, nous devons éviter que la rumeur se répande. Les combattants de notre brigade seront jeunes et n'auront pas d'épouses. Ils devront prêter serment devant Pharaon de ne rien divulguer de leur mission. Ils seront choisis parmi les plus brillants novices de l'armée et entraînés avec rigueur. Des hommes aguerris dont l'intégrité n'est plus à prouver occuperont les postes de commandement.

— Ce serait très bien, Menna, apprécia Leonis. Si ce projet se concrétisait, il ne faudrait rien laisser au hasard. Combien d'hommes rejoindraient cette brigade?

— Deux cents. Peut-être deux cent cinquante. Selon Neferothep et moi, ce nombre suffirait à contrer les ennemis de la lumière. Baka dispose d'une foule d'adeptes, mais ce ne sont pas tous des guerriers. Parmi eux, il y a des fonctionnaires, des maçons, des paysans, des prêtres... Ces gens sont sans doute efficaces pour nuire aux projets de l'Empire, cependant, ils ne savent pas livrer bataille. D'après Neferothep, les troupes de Baka doivent compter quelques centaines de soldats. Ils sont probablement très bien entraînés. Les nôtres le seront davantage.

— Pour mener cette attaque, dit l'enfant-lion, il faudra savoir où se cache Baka. Pour le moment, nos prisonniers refusent de parler.

— En effet. L'archer que nous avons capturé dans les ruines du temple de Ptah s'entête à garder le silence. Il mange à peine et menace de mettre fin à ses jours si jamais on le forçait à passer aux aveux. Le vieux Ramosé qui servait d'intermédiaire entre Tcha et Baka ne sait visiblement pas où se trouve le repaire des adorateurs d'Apophis. Il s'agit d'un pauvre vieillard qui a de la difficulté à marcher. Il est presque aveugle. Comme Tcha l'a fait avec ses babouins, le vieil homme a empoisonné tous ses pigeons avant que les soldats investissent sa demeure. Ces oiseaux livraient les messages de l'Ombre à son chef.

— De toute façon, observa Montu, il aurait été impossible de suivre l'un de ces pigeons jusqu'au repaire des ennemis de la lumière. La piste s'arrête donc chez Ramosé. Les soldats n'ont trouvé aucun indice chez cet homme?

— Non. Sa maison a été fouillée en vain. Nous ne pouvons même pas prétendre que Ramosé avait conscience de la gravité de ses actes. Ce vieil homme se contentait d'attacher les missives de Tcha aux pattes des oiseaux. Des soldats surveillent discrètement sa demeure. Toutefois, depuis que Ramosé est captif, personne ne s'est présenté chez lui.

— Les adorateurs d'Apophis sont prudents, releva l'enfant-lion. Tcha était très actif. Pourtant, même en inspectant son logis et ses couloirs souterrains, nous n'avons rien découvert d'intéressant. Le bossu ne conservait aucun document qui aurait pu trahir les liens qu'il entretenait avec l'ennemi. À mon avis, Baka a déjà deviné que nous avons démasqué l'Ombre. L'espion devait communiquer régulièrement avec lui. Nos adversaires doivent savoir que Ramosé a été emmené par les soldats. Ils se tiendront loin de la maison du vieil homme, maintenant. C'est dommage, mes amis. J'ai l'impression que le mystère concernant la cachette des ennemis de la lumière restera complet encore longtemps.

— Nous finirons bien par découvrir leur tanière, assura Menna. De toute façon, notre brigade ne sera pas prête à opérer avant un an. Nous pouvons au moins nous rassurer en sachant que, dorénavant, les adorateurs du grand serpent n'obtiendront plus de renseignements sur nous. Il nous suffira de quitter l'enceinte du palais sans nous faire repérer par ces scélérats.

Montu soupira :

— Je me demande où nous mènera notre prochaine expédition.

— Nous le saurons bientôt, mon vieux, dit Leonis. Nous avons dû affronter bien des dangers pour mettre la main sur le premier coffre. J'espère que le prêtre qui a caché le second nous aura rendu la tâche plus aisée. Je ne crains pas les difficultés, mais, pour une fois, j'aimerais que les choses soient simples.

— Ce serait formidable, évidemment, approuva Menna. Je ne crois pas que les autres prêtres aient réussi à faire mieux que Nedjem-Ab. Le coffre que le roi Djoser avait confié à ce personnage était dissimulé dans un endroit presque inaccessible. Pour l'atteindre, nous avons dû traverser un territoire peuplé d'hommes sanguinaires. Durant nos prochains périples, nous rencontrerons sans doute moins d'embûches. Il ne faut cependant pas nous bercer d'illusions. Il y a cent cinquante ans, les prêtres qui ont caché les joyaux devaient s'assurer que personne ne les découvrirait par hasard. J'ai le sentiment que les prochains coffres, malgré le fait qu'ils ne se trouveront probablement pas dans des lieux aussi terrifiants que le Marais des démons, seront tout de même difficiles à dénicher.

— Nous avons encore beaucoup de besogne à abattre, lança Montu. Tu vois, Leonis, c'est pour cette raison que je dors beaucoup. Je fais des réserves de sommeil pour tous ces jours où je ne dormirai pas.

En pointant le ventre un peu rond de son ami, l'enfant-lion plaisanta :

— J'imagine que tu fais aussi des réserves de nourriture, Montu ? Dans quelques années, si tu continues à manger autant, tu ne pourras plus t'approcher du grand fleuve.

— Pourquoi ?

— C'est pourtant simple, mon vieux. Il y a des chasseurs sur les rives du Nil. Il sera risqué pour toi d'aller nager lorsque tu ressembleras à un hippopotame.

— Tu as le sens de l'exagération, Leonis. Tiens! Ce soir, lorsque le repas sera servi, je ne mangerai que quelques malheureuses feuilles de laitue accompagnées d'huile et de sel. Je te prouverai que je suis capable de tenir tête à mon ventre. J'ai de la volonté, moi! Lorsque je décide quelque chose, rien ne peut me détourner de mon objectif!

En souriant, Leonis se leva pour aller s'accouder à la rambarde qui ceignait la terrasse. En bas, l'effervescence n'avait guère diminué. Dans un coin libre des jardins, cinq acrobates effectuaient des pirouettes spectaculaires. Montu et Menna rejoignirent l'enfant-lion. Ils contemplèrent en silence le décor luxuriant de la vaste enceinte. Les serviteurs accomplissaient leurs tâches avec une joie évidente. Les rires fusaient de toute part. Derrière un massif de jasmins, un flûtiste modulait une progression de notes rapides et stridentes. Un oiseau particulièrement doué lui donnait la réplique. La scène était magnifique. C'était ce genre d'image que les seigneurs faisaient peindre sur les parois de leurs tombeaux afin de pouvoir admirer éternellement les beautés du monde.

Durant un instant, le vent souffla, emportant des odeurs confondues de grillades, de bière et de pain frais. Les narines de Montu palpitèrent. Il huma l'air à pleins poumons et murmura:

— Tout compte fait, les gars, je n'ai aucune volonté. Les feuilles de laitue, ce sera pour une autre fois.

# 6

# LA PEUR DE TATI

Les traits crispés, Hay avança sa main gauche vers son poignard. Ses doigts tremblants demeurèrent un moment suspendus au-dessus de l'arme. L'homme saisit l'objet, le souleva et, pour la vingtième fois peut-être, le laissa involontairement tomber. Le combattant lança une exclamation de dépit. Son épaule le faisait moins souffrir et la plaie causée par la flèche cicatrisait parfaitement. Son bras, par contre, était d'une faiblesse extrême. Partagé entre la rage et l'inquiétude, Hay soupira et s'étendit sur le dos dans l'herbe grasse. Qu'allait-il devenir si son bras et sa main restaient aussi faibles ? Comment pourrait-il tendre son arc, dorénavant ? Dans l'armée du pharaon, on récompensait les hommes blessés en devoir. Chez les adorateurs d'Apophis, un combattant invalide n'avait guère plus de valeur qu'une hampe de lance brisée. Les yeux clos, Hay effleura le tissu blanc de sa tunique. Sous le lin, il pouvait sentir les contours de la marque au fer rouge qui ornait son torse. S'il ne se rétablissait pas, il ne serait plus digne d'arborer ce symbole. La règle était claire dans les troupes d'élite de Baka : une Hyène qui ne pouvait livrer bataille ne pouvait servir à rien d'autre. La mort l'attendait inévitablement.

Un pas léger se fit entendre et l'homme leva la tête. Il esquissa un sourire en apercevant la fillette qui marchait dans sa direction. Il s'agissait de Tati, la petite sœur du sauveur de l'Empire. L'homme fut étonné de voir à quel point elle avait changé. En quelques semaines, cette malheureuse esclave avait pris des allures de princesse. Elle portait une robe plissée, de petites sandales de cuir ornées de perles de verre et un collier en or serti de pierres précieuses. À Thèbes, le jour de sa libération, il avait fallu lui raser le crâne tellement sa chevelure était sale et infestée de poux. Encore très courts, les cheveux de Tati étaient d'un noir bleuté. Ses joues étaient rondes et ses yeux fardés de galène pétillaient de bonheur. En affichant un air timide, l'enfant s'approcha du gaillard. D'une voix fluette, elle dit simplement :

— Bonjour, monsieur Hay.

— Bonjour, répondit l'homme, en faisant mine de ne pas la reconnaître. Qui êtes-vous donc, jolie princesse?

— Je... C'est moi, monsieur Hay... Je suis Tati.

Jouant la surprise, l'adorateur d'Apophis sursauta. Une expression burlesque déforma ses traits. La fillette éclata de rire. Hay se leva et recula de quelques pas pour observer Tati avec attention. Après un moment, il hocha énergiquement la tête pour s'exclamer:

— Tu dis la vérité! Tu es bien la petite Tati! Par Sobek! Tu es de plus en plus jolie!

Les joues de Tati s'empourprèrent. En baissant les yeux, elle bredouilla:

— C'est... c'est la belle et gentille Khnoumit qui... s'occupe de moi. Elle m'a dit que... que sa maison est ma maison. Elle m'a dit que... que je ne retournerai jamais dans l'atelier du maître Bytaou.

— Il faut la croire, ma jolie poupée. Si Khnoumit le dit, c'est parce que c'est vrai.

Tati leva la tête. Son regard noir croisa celui de l'homme. Sur un ton plus résolu, elle demanda:

— Pourquoi je suis ici, monsieur Hay? Khnoumit ne veut pas me le dire.

Hay émit un soupir. Il s'agenouilla et posa une main sur l'épaule de l'enfant. Avec sérieux, il murmura :

— Il ne faut pas t'interroger, ma belle Tati. Tu es heureuse ici, non ?

— Oui, monsieur Hay… Je suis heureuse, mais j'ai peur.

— De quoi as-tu peur, petite ?

— C'est compliqué, monsieur Hay. Je ne sais pas comment le dire. Pourquoi les autres filles de l'atelier sont restées à Thèbes ? Pourquoi vous m'avez emmenée sur le grand fleuve ? Pourquoi moi et pas une autre ? J'étais la plus sale et la plus maigre. Comment monsieur Hapsout connaissait-il mon nom ? Dans l'atelier de Bytaou, la contremaîtresse Mâkarê me donnait toujours des coups même si je ne les méritais pas. Maintenant, Khnoumit me donne plus d'amour que Mâkarê me donnait de coups…

— Et alors, Tati ? L'amour, c'est beaucoup plus agréable que les coups. Ne trouves-tu pas ?

— Oui, monsieur Hay, mais… il faut me comprendre… Dans l'atelier, Mâkarê n'avait aucune raison de me battre et, ici, Khnoumit…

— Tu crois que Khnoumit n'a aucune raison de t'aimer. C'est ce que tu crois, Tati ?

— Je ne sais pas, monsieur Hay. C'est pour ça que c'est si compliqué. Si je savais pourquoi je suis ici… Pourquoi êtes-vous venus me chercher, monsieur Hay? J'ai peur… peur que Khnoumit s'aperçoive… qu'elle… qu'elle s'est trompée de petite fille. Parce que, moi… je… je le sais bien que Khnoumit… elle s'est trompée…

La phrase de Tati s'acheva dans un hoquet. Ses yeux étaient baignés de larmes et la poudre noire qui allongeait son regard commença à se délayer. Les traits préoccupés de la malheureuse exprimaient le flot de questions et de craintes qu'elle avait tant de mal à formuler. Devant la détresse de l'enfant, l'homme demeura muet. De son bras valide, il enlaça Tati qui plaqua son visage souillé de galène sur sa tunique de lin immaculée. À cet instant, la voix de Khnoumit claqua comme un fouet dans la tranquillité des jardins:

— Tati! Viens ici immédiatement!

Hay avait sursauté. Il desserra son étreinte. Tati roulait des yeux apeurés. Sans même jeter un regard sur Khnoumit qui s'approchait d'un pas rapide et furieux, la fillette se mit à courir en direction d'un bosquet. La femme cria encore son nom, mais Tati ne se retourna pas. Elle se faufila derrière les buissons. Hay se leva, le visage maussade, fin prêt à riposter aux inévitables reproches de son hôtesse. Khnoumit s'immobilisa à une coudée de l'homme. Elle le toisa avec hargne et jeta:

— Ne vous ai-je pas avisé de vous tenir loin de cette pauvre enfant? Que lui avez-vous fait pour la mettre dans cet état?

— Je n'ai pas cherché à approcher cette fillette, Khnoumit. Elle est venue me voir parce qu'elle m'aime bien. C'est votre faute si elle est dans cet état.

— Je vous interdis de…

— Vous avez tout mon respect, Khnoumit, mais permettez-moi au moins de m'expliquer…

Comme si elle s'apprêtait à cracher un pépin au goût amer, la belle dame étira les lèvres avec mépris. D'un geste du menton, elle signifia au gaillard qu'il pouvait parler. Hay se gratta le crâne avant de poursuivre:

— Je ne suis peut-être qu'un méprisable assassin, Khnoumit, mais je suis capable d'être gentil. Amennakhté et moi avons été aimables avec Tati. Nous étions les premières personnes amicales qu'elle rencontrait depuis fort longtemps. Vous trouviez Tati pitoyable lorsqu'elle a franchi le porche extérieur de ce domaine. Toutefois, si vous aviez pu la voir avant son départ de Thèbes, vous n'envisageriez pas les choses du même œil. Vous me remercieriez au lieu de prétendre que je pourrais causer du tort à cette gamine. Tout à l'heure, Tati est venue pleurer dans mes bras. Vous savez pourquoi, Khnoumit? Elle pleure parce qu'elle ne croit pas à ce qui lui arrive. Elle a l'impression de ne pas mériter votre amour. Un chien battu estime que son dos est fait pour recevoir des coups. Il crève de peur dès qu'on lève la main sur lui. Il lui faut du temps avant de se rendre compte que la main peut aussi distribuer des caresses. Tati ne comprend pas que vous l'aimiez pour ce qu'elle est. Elle ne sait même pas qui elle est. Vous n'avez rien trouvé à lui dire pour justifier sa présence dans votre maison. À ce sujet, même un mensonge vaudrait mieux que votre silence, Khnoumit. Elle pense que vous vous êtes trompée de petite fille. Elle pense que vous finirez par constater votre erreur et que, ce jour-là, vous allez la renvoyer dans son trou à rats.

Pendant que Hay s'exprimait, le visage de Khnoumit demeura impassible. Elle fixait le bosquet derrière lequel Tati s'était réfugiée. Après les paroles du combattant, la dame déclara à voix basse:

— Que puis-je dire à cette pauvresse, Hay? Pour le moment, elle est sous ma protection. Mon frère Baka m'a promis que personne ne lui ferait de mal. Seulement, est-ce bien vrai?

Tati est la sœur de Leonis. La mort de cette gamine pourrait certainement ébranler l'enfant-lion. Plus ce dernier progressera dans sa quête, plus la vie de sa sœur sera en danger. J'ai affirmé à Baka que je rejoindrais le royaume des Morts si Tati perdait la vie. Mon frère ne veut pas me perdre. Il ne supporterait pas de me voir mourir avant lui. Toutefois, je sais que le pouvoir que j'exerce dans le cœur de Baka n'est rien en comparaison de la cause qu'il caresse. Les ennemis de la lumière savent que la sœur du sauveur de l'Empire est notre captive. Tati représente un instrument de dissuasion essentiel dans votre lutte. Vos troupes comprendront que le maître refuse de se servir de cet appât inespéré? Je ne le crois pas, Hay. Je suis d'avis que, tôt ou tard, Baka m'enlèvera Tati… C'est la raison pour laquelle je ne veux pas mentir à cette petite. Je ne veux pas qu'elle constate un jour que je l'ai trompée.

Khnoumit ferma les paupières avec force. Son visage tremblait. À l'évidence, elle tâchait de ne pas fondre en larmes. Elle respira profondément et un sourire se dessina sur ses lèvres. Elle ouvrit les yeux, secoua la tête et continua:

— En ce qui vous concerne, Hay, puisque vous avez bien traité Tati, je me dois de vous remercier. Seulement, je sais que vous auriez la capacité de la tuer si Baka vous l'ordonnait. Vous prétendez être capable d'être gentil, mais votre vie est consacrée au mal. Je n'aime pas les gens de votre espèce, Hay. Mon frère et moi n'avons rien en commun. Il sait que je le déteste et il semble s'amuser de la haine que j'éprouve pour lui.

— Dans ce cas, pourquoi demeurez-vous dans l'un de ses domaines, Khnoumit ? Vous méprisez notre cause, mais vous profitez largement des bienfaits que vous procure Baka.

L'homme s'attendait à une réplique prompte et injurieuse. Khnoumit émit plutôt un long rire cristallin avant de répondre sur un ton calme :

— Je préférerais vivre dans une hutte de joncs plutôt que de demeurer dans ce domaine, Hay. Baka est un ancien roi que le peuple a chassé du trône. À l'époque où mon frère régnait sur l'Égypte, mon visage était connu dans tous les coins du royaume. J'ai vieilli, depuis. Malgré cela, mon apparence a bien peu changé. Je suis la sœur de l'ignoble Baka. On m'a expulsée de la terre d'Égypte. Si on me reconnaissait, je serais lapidée et jetée aux chiens. Sachez que, pour moi, cette luxueuse demeure est à la fois ma forteresse et mon cachot. Baka m'a privée de toutes les joies. Par sa faute, je n'ai jamais été mariée et je n'ai jamais eu d'enfant. J'ai souvent songé à quitter cette enceinte afin de me livrer aux autorités de l'Empire. Mais, en m'offrant ainsi au jugement du peuple, j'entraînerais avec moi quelques personnes qui me sont chères. Ahouri, ma vieille servante, est l'une d'entre elles. Elle a assisté à mes premiers jours. Elle m'a accompagnée dans mes rares bonheurs et mes nombreux chagrins. Je n'ai guère envie de la condamner… Vous pouvez être assuré de l'authenticité de mes sentiments, Hay. Quand je dis que je hais mon frère, cela est bel et bien vrai. Quant à vous, la gentillesse que vous démontrez à l'endroit de Tati n'est, à l'évidence, rien d'autre que du vent. Si vous ressentez un peu d'affection pour elle, cela signifie que vous êtes un traître à la cause que vous prétendez chérir. Tati est la sœur de votre pire ennemi. Si vous êtes vraiment un adorateur d'Apophis, vous avez l'obligation de détester cette petite.

— Allons, Khnoumit, protesta Hay. Je suis un être humain. Cette fillette ne m'a rien fait. Ce n'est pas elle qui doit sauver l'Empire. Elle ne sait rien de cette histoire. Je suis capable d'aimer.

— Si j'étais Baka, en vous entendant dire une telle chose, je vous condamnerais sur-le-champ.

— Pourquoi?

— Mon frère veut faire régner les ténèbres sur ce monde. Telle est la cause des adorateurs d'Apophis. Les bons sentiments sont du côté de la lumière. L'amour fait partie des beautés de cette vie. Vous êtes censé détester la lumière, Hay. Pourtant, en prétendant que vous êtes capable d'aimer, vous me faites l'aveu que votre dévouement à la cause n'est pas complet. Baka a-t-il besoin de compter dans ses rangs un combattant qui n'adhère pas entièrement à ses convictions?

— Votre frère vous aime, Khnoumit. C'est vous-même qui venez de l'affirmer. Si le maître peut se permettre quelques doux sentiments, ses sujets le peuvent aussi.

— Mon frère ne m'aime pas, Hay. Il me possède. La possession peut ressembler à de l'affection, mais c'est un odieux sentiment. Baka est méchant. Il l'est complètement. Le jeune Hapsout qui m'a amené Tati est aussi un homme abject. S'il en avait eu l'occasion, il se serait fait une joie de torturer la sœur de Leonis. Vous, vous admettez que vous pouvez aimer et faire preuve de gentillesse. Si vous ne me mentez pas, vous auriez avantage à ne pas exposer ces faiblesses devant vos alliés.

— Je ne suis pas un faible, Khnoumit. Rien n'est tout à fait noir et rien n'est tout à fait blanc. Les habitants de l'Empire vouent un culte au dieu-soleil. Ils vénèrent sa lumière. Pourtant, ils ne sont certainement pas toujours gentils.

— Ces individus peuvent se permettre quelques faiblesses, Hay. Osiris les jugera lorsqu'ils auront franchi la porte du tribunal des Morts. Leurs cœurs seront soumis à la pesée des âmes et, si leurs actes louables se révèlent plus nombreux que leurs actes répréhensibles, ils connaîtront un bonheur éternel. Le jugement de Baka, lui, est immédiat. Mon frère vous condamne dès la première faute. De plus, les horreurs qu'il vous ordonne de perpétrer vous interdiront l'entrée du royaume des Morts. Dites-moi, Hay, oseriez-vous clamer devant l'assemblée du Temple des Ténèbres que rien n'est tout à fait noir ?

— Je… Vous savez que… que je ne pourrais jamais déclarer une chose pareille, Khnoumit.

La belle dame hocha doucement la tête de gauche à droite. Son regard disait : « Vous voyez bien, pauvre idiot. » Une profonde perplexité assombrissait les traits du gaillard. Khnoumit n'ajouta rien. Elle abandonna Hay à son embarras et, d'un pas gracieux, elle gagna les buissons où se dissimulait la petite Tati.

# 7
# L'OUVERTURE
# DU COFFRE

La foule se massait devant la façade ensoleillée du palais royal de Memphis. Une multitude d'hommes, de femmes et d'enfants étaient venus s'agglutiner dans la première cour bordée de doums sur laquelle s'ouvrait la majestueuse fenêtre menant au balcon des apparitions. Dans l'espoir de pouvoir s'abreuver des paroles du fils de Rê, les sujets du royaume avaient commencé à arriver la veille. La vaste cour s'était vite remplie. Des milliers de gens n'avaient pu y pénétrer. Fort heureusement, ces exclus avaient tout de même assisté avec allégresse au grandiose défilé de Pharaon.

Entre les murs de la cour, les individus se confondaient dans un mouvement berceur de peaux cuivrées, de vêtements blancs et de couronnes de fleurs. Les oreilles étaient tendues et les yeux scintillaient d'éblouissement. Des clameurs enthousiastes venaient ponctuer les paroles de Mykérinos. Debout sur le balcon, Pharaon dominait la marée humaine. La barbe de cérémonie ornait son menton et il était coiffé du Pschent, la double couronne symbolisant sa souveraineté sur les Deux-Terres. Dans ses mains, à l'image d'Osiris, il tenait le flagellum et la crosse. Un pagne plissé et un pectoral complétaient l'ensemble. Dans la précédente partie de son discours, le roi avait déclaré que les dieux étaient satisfaits des offrandes que le peuple de la glorieuse Égypte leur livrait. Il venait de visiter quelques nomes du sud et il pouvait témoigner que, là-bas, le Nil s'était montré aussi généreux qu'au nord. Quand viendrait la saison Shemou[3], les terres seraient recouvertes d'or. L'orge et l'épeautre rempliraient les silos.

Mykérinos était maintenant assis sur son trône. Il prêtait l'oreille aux paroles du vizir Hemiounou qui se tenait à ses côtés. Un silence respectueux s'était imposé dans la foule. Avec un sourire, le roi hocha la tête. Il se leva de nouveau pour s'adresser à ses sujets. D'une voix puissante, il proclama :

---

3. Dans l'ancienne Égypte, la saison Shemou, de mars à juin, correspondait au temps des récoltes.

— L'Empire a mérité la bonté des dieux!
L'œil de Rê nous observe lorsqu'il traverse le
ciel dans la divine barque du jour! Il voit un
peuple heureux et reconnaissant, un peuple
qui se montre digne des bienfaits que le dieu-
soleil lui procure! Ma majesté ne se lasse guère
de dénombrer, devant la face des dieux, les
vertus de ceux qui habitent les Deux-Terres!
Mon peuple est beau et dévoué! Je le protégerai
du fort et du vilain qui l'opprime! Chaque fils
et chaque fille d'Égypte a droit à ma gratitude!
Aucune âme ne devrait être privée des joies
du cœur! Ainsi, lorsque l'inondation reviendra
rassasier les terres de la vallée, tous les esclaves
de sang égyptien seront libres! Désormais,
aucun habitant du royaume ne besognera
contre son gré! Seuls les criminels, les infidèles
et les ennemis de l'Empire seront privés de
cette satisfaction! Je suis Pharaon, Vie, Santé,
Force! Je suis né de la semence divine! Telle
est ma décision!

Un flottement parcourut l'assistance. À
l'évidence, les mots de Mykérinos avaient jeté
la consternation chez ses sujets. Une faible
rumeur s'éleva. Dans un coin de la cour,
quelques cris chaleureux fusèrent. Un autre
groupe commença à scander le nom du roi
pour lui démontrer son approbation. Puis,
soudainement, une clameur extatique fit vibrer

l'enceinte. La voix du peuple saluait la bienveillance du fils de Rê.

À l'intérieur du palais, dans la vaste chambre à ciel ouvert où était ménagée la fenêtre des apparitions, un auditoire attentif, constitué surtout de personnages de la cour, ne perdait rien des paroles du souverain. Parmi eux se trouvaient la princesse Esa et la grande épouse Khamerernebty. Leonis, Montu, Menna et le grand prêtre Ankhhaef étaient également présents. Lorsque Pharaon avait annoncé la libération prochaine des esclaves, l'enfant-lion et Montu s'étaient regardés avec émotion. L'ovation de la foule venait d'accentuer leur bouleversement. Sous les regards intrigués des nobles qui se trouvaient dans la pièce, les adolescents s'enlacèrent avec force pour laisser libre cours aux larmes de joie qui leur piquaient les yeux. Menna les observait avec empathie. Le grand prêtre Ankhhaef affichait un visage radieux. En levant la tête, le regard de Leonis croisa celui d'Esa. La princesse le gratifia d'un sourire. La galène et la malachite qui prolongeaient le contour de ses yeux ne parvenaient guère à atténuer la tendresse qui s'y lisait. Le sauveur de l'Empire jeta un rapide coup d'œil à la ronde et, sans être vu des nobles, il ouvrit la main et souffla un baiser en direction de la belle. Le regard de la princesse s'élargit de surprise. Néanmoins, son sourire s'accentua. Rougissante, elle reporta son attention sur la fenêtre. Menna et Montu s'amusèrent de l'audace de leur compagnon. Ankhhaef, lui, n'avait rien vu.

Dehors, Mykérinos entamait la conclusion de son discours. D'un geste discret, le grand prêtre Ankhhaef signala à l'enfant-lion que le moment était venu de quitter la pièce. Leonis, Menna et Montu suivirent l'homme de culte. Ils empruntèrent l'escalier étroit menant à la salle du trône. Cette pièce était petite et austère. Les murs et les piliers étaient décorés de gravures évoquant les divines obligations de Pharaon. Puisque, à cet instant, le fils de Rê s'adressait à ses sujets à l'étage supérieur, son splendide trône n'était évidemment pas sur son socle. Ankhhaef entraîna les jeunes gens dans un couloir. Il les conduisit jusqu'à une porte gardée par deux soldats armés de javelots. Les gardiens s'écartèrent pour livrer passage au groupe. Leonis et ses compagnons pénétrèrent dans une grande pièce exempte de décoration. Au centre, sur une table basse incrustée d'ivoire, reposait le coffre renfermant les trois premiers joyaux de la table solaire. L'objet brillait de mille feux dans la lueur des flambeaux éclairant l'endroit. Postés à proximité du coffre, quatre autres gardes le surveillaient. Le grand prêtre Ankhhaef invita le sauveur de l'Empire et ses amis à s'installer sur des coussins. Sur un ton qui trahissait légèrement sa nervosité, il annonça:

— Mykérinos sera ici dans peu de temps. Il doit d'abord se restaurer et procéder à sa toilette. Je dois également vous quitter. Je reviendrai en compagnie de Pharaon et du vizir. Voulez-vous boire quelque chose? Dois-je faire appeler les domestiques?

Les jeunes gens déclinèrent l'offre du prêtre. Lorsque ce dernier eut passé la porte, Leonis murmura:

— Il me l'avait dit.

— De quoi parles-tu? questionna Montu.

— Mykérinos m'avait assuré qu'il ferait libérer les esclaves. C'était avant que je parte à la recherche du talisman des pharaons. Il m'avait dit que, puisqu'un esclave avait été désigné par les dieux pour sauver l'empire d'Égypte, il devait probablement s'agir d'un signe. Selon Mykérinos, les divinités lui signifiaient que tous les sujets du royaume devaient être traités convenablement. Chacun d'eux devait vivre et travailler avec satisfaction.

— Pharaon est un homme juste, apprécia Montu. Ceux qui besognaient à nos côtés sur le chantier du palais d'Esa seront heureux.

Le regard absent, Leonis fixait la flamme rougeâtre et dansante d'un flambeau. Menna se racla la gorge avant de demander:

— Tu penses à ta petite sœur, n'est-ce pas, mon ami?

— Oui, Menna... Si elle n'avait pas été enlevée par les adorateurs d'Apophis, Tati aurait bientôt connu la liberté. C'est tout de même triste. Pendant que les esclaves d'Égypte goûteront à ce bonheur, ma sœur restera captive. Je me demande ce qu'elle fait, en ce moment...

L'enfant-lion savait que quelqu'un protégeait Tati. Dans un songe, la déesse-chat Bastet lui avait affirmé que la fillette était heureuse et en sécurité. Elle avait dit qu'une colombe veillait sur elle. Ces paroles avaient rasséréné Leonis. Toutefois, il ne pouvait s'empêcher de penser que sa petite sœur se trouvait au milieu d'un nid de scorpions. Qui était cette colombe dont avait parlé Bastet? Qui, dans les rangs de l'ennemi, possédait suffisamment de pouvoir sur Baka et ses hommes pour les empêcher d'assassiner la sœur du sauveur de l'Empire? Leonis n'en avait pas la moindre idée. Malgré tout, chaque soir, avant de s'endormir, il remerciait du fond du cœur cet être secourable qui avait pris la petite Tati sous son aile protectrice.

Ils patientèrent une heure avant de voir Pharaon pénétrer dans la pièce. Le crâne du roi était maintenant coiffé du némès[4] orné de l'uræus[5]. Le vizir Hemiounou et le grand prêtre Ankhhaef accompagnaient Mykérinos. Un petit homme aux cheveux épars et au dos courbé les suivait. Ce dernier transportait un sac dont le contenu tintinnabulait à chacun de ses pas. Leonis, Montu et Menna se levèrent et saluèrent respectueusement le fils de Rê. Pharaon s'inclina et, en souriant, il déclara:

— Je suis heureux de te revoir, sauveur de l'Empire. Puissent les largesses des dieux vous ravir à jamais, tes admirables compagnons et toi. Grâce à vous, le premier coffre est de retour dans la cité des rois. Le vizir Hemiounou m'a avisé de votre récente prouesse. En démasquant l'espion des adorateurs d'Apophis, vous avez rendu un fier service au royaume.

— Longue vie à vous, Pharaon, répondit l'enfant-lion. Vous êtes bonté, justice et vérité. Vous avez comblé mon cœur de joie en annonçant la libération des esclaves d'Égypte. Nous devons la chute de l'Ombre à mon ami

---

4. NÉMÈS: NOM DE LA COIFFURE À RAYURES QUE PORTAIT LE PHARAON EN DEHORS DES CÉRÉMONIES.

5. URÆUS: COBRA DILATÉ. SYMBOLE DE LA BASSE-ÉGYPTE. LE ROI D'ÉGYPTE PORTAIT L'URÆUS AU-DESSUS DE SON FRONT.

Montu. Depuis le début de votre règne, le jardinier Tcha renseignait les ennemis de la lumière sur les projets de l'Empire.

— Tes alliés sont exceptionnels, Leonis. Un jour, vous serez récompensés à votre juste valeur. Vous serez des seigneurs et on gravera vos noms sur les murs des temples. Pour ce qui est de l'affranchissement des esclaves, j'avais l'intention d'agir il y a un mois. Seulement, je devais d'abord informer certains hauts dignitaires du royaume de ma décision. C'est avant tout pour cette raison que j'ai visité les nomes du sud. Je suis ravi de voir ta figure heureuse. Mes soldats n'ont pas retrouvé ta petite sœur. Nos ennemis l'ont fait avant eux. Cette nouvelle m'a contrarié et attristé. Je sais à quel point Tati compte pour toi. Je craignais de lire le désespoir et la colère dans tes yeux.

— J'ai vécu le désespoir et la colère, Pharaon. Le sort de Tati me préoccupera jusqu'à ce jour heureux où je pourrai enfin l'enlacer. Si je veux que ce moment arrive, je dois d'abord préserver l'Empire du grand cataclysme. Pour y parvenir, nous devrons encore découvrir trois coffres. Nous sommes impatients de reprendre la quête.

Mykérinos fit un signe au petit homme au dos arqué qui se tenait près de la porte.

Celui-ci s'approcha de la table et ouvrit son sac pour en sortir une série d'outils métalliques. Il disposa ses accessoires sur un pan de lin grisâtre et examina le coffre d'un œil averti. Pharaon expliqua :

— Cet homme se nomme Meryrê. C'est le plus talentueux orfèvre des Deux-Terres. Il y a quelques jours, il a obtenu la permission d'étudier le coffre. Il sait déjà comment procéder pour l'ouvrir sans l'endommager.

Meryrê se retourna et, d'un bref signe de tête, il indiqua qu'il était prêt à commencer son travail. Mykérinos demanda aux quatre gardes de sortir dans le couloir. Pour lui laisser tout l'éclairage nécessaire à sa tâche, personne ne s'approcha de l'orfèvre. Meryrê s'affaira pendant de longues minutes. À l'aide d'un minuscule maillet de bois, il heurtait précautionneusement un mince ciseau de bronze. Après avoir donné quelques coups, il déposait le ciseau émoussé, en prenait un autre ; puis, sans même éponger son front luisant de sueur, il se remettait à sa minutieuse tâche. Au bout d'un insoutenable moment d'attente, l'orfèvre soupira d'aise. Il replia le pan de tissu sur ses outils et glissa le tout dans son sac. Ensuite, avec une expression de joie, il s'essuya le front du revers de la main et lança :

— Le coffre peut maintenant révéler ses secrets, Pharaon !

Meryrê s'écarta. Mykérinos s'avança vers la table basse. Il s'agenouilla, tendit les mains vers l'inestimable objet et en souleva le couvercle. Cent cinquante années après avoir été dissimulés, les trois premiers joyaux de la table solaire, coincés dans un support d'ébène qui moulait leur contour avec précision, scintillaient comme des étoiles dans la lumière mouvante des flambeaux. Mykérinos déposa le couvercle du coffre sur le sol. Les autres s'étaient approchés. En silence, ils contemplèrent le scarabée, le faucon et le chat. Les joyaux avaient été façonnés dans des pierres précieuses d'un rouge limpide. Ils avaient la hauteur de deux paumes et le moindre détail qui les caractérisait était d'une finesse dépassant l'entendement. On eût dit que les bijoux détenaient un pouvoir hypnotique. Une fois que l'œil s'égarait dans leurs rutilements, il fallait faire un réel effort pour se délivrer de la fascination qu'ils exerçaient. Pharaon fut le premier à y parvenir. Il sursauta et ferma les yeux. D'une voix bouleversée, il demanda à l'orfèvre de la cour :

— Avez-vous déjà vu de semblables merveilles, Meryrê ?

— Non, mon roi. J'ai ouvragé quelques-unes des plus belles pierres que la terre d'Égypte ait livrées. J'ai pleuré d'émotion et de fierté devant mes créations et celles de jeunes orfèvres de mon atelier. Seulement, la beauté de nos œuvres n'est rien si on la compare à ces splendeurs. Je n'ai jamais vu de pierres précieuses aussi pures et aussi finement ciselées. Cette matière m'est inconnue. On dirait des enfants de Nout[6] tombés de la voûte céleste. Permettez-moi de croire qu'aucun homme n'a pu accomplir un tel travail. Ces joyaux sont la création d'un dieu.

L'orfèvre Meryrê semblait confus. La courbure de son dos s'était encore accentuée. Il fixait les bijoux en tentant d'admettre ce qu'il voyait. L'humiliation assombrissait ses traits. Mykérinos lui toucha l'épaule. Afin de le rassurer, il dit :

— Tu ne sais rien sur ces joyaux, Meryrê. Toutefois, tu as raison d'affirmer qu'ils sont l'œuvre des dieux. Tu ne dois donc pas remettre en question ton immense talent. L'ouvrage des hommes n'égalera jamais celle des divinités. Tu dois partir, à présent. N'oublie

---

6. Dans la mythologie égyptienne, la déesse Nout personnifiait le ciel. Généralement, les étoiles étaient appelées « les enfants de Nout ».

pas que personne ne doit entendre parler de ce que tu as vu ici.

Meryrê fit un signe affirmatif. Il s'efforça de sourire et effectua une cérémonieuse courbette. Encore ébloui par la splendeur des joyaux, l'orfèvre quitta la pièce dans le tintement produit par ses outils de bronze.

# 8

# DEDEPHOR
# LE DÉMENT

— Il n'y a plus de doute, maintenant, murmura Mykérinos en regardant tour à tour l'enfant-lion, Montu et Menna. Les trois premiers joyaux de la table solaire sont devant nous. En constatant la magnificence de ces objets, il nous est interdit de douter de leur usage.

— Nous sommes soulagés de pouvoir les admirer, Pharaon, confia Leonis. Le scarabée, le faucon et le chat se trouvaient bel et bien dans le coffre. Nous devions l'ouvrir pour en avoir la certitude. Il nous reste à savoir si ces joyaux pourront nous guider vers les prochains.

Le vizir Hemiounou s'était approché du coffre d'or. Après un bref examen, il afficha un air badin pour déclarer :

— À mon avis, ces joyaux ne nous apprendront rien… Par contre, si ce détail peut vous intéresser, il y a un rouleau de papyrus entre le support d'ébène et la paroi du coffre.

Avec fébrilité, Pharaon vérifia les propos du vizir. En s'exclamant, il les confirma :

— Hemiounou a raison, mes amis ! Le coffre contient un rouleau ! Viens, Leonis ! Ce papyrus est destiné au sauveur de l'Empire. Il t'appartient donc de le déchiffrer pour nous !

Cet honneur fit rougir l'enfant-lion. Il jeta un coup d'œil chargé de fierté à ses compagnons et s'avança vers le coffre. Ses doigts nerveux saisirent le mince rouleau. Avec une extrême délicatesse, l'adolescent déploya le papyrus. Il fronça les sourcils et considéra un moment les hiéroglyphes formant le message avant de les déchiffrer à voix haute :

— Entre Hierakônpolis et Edfou, quatre gros rochers émergent du grand fleuve. Tu dois trouver la statue d'Horus qui porte mon nom. Le bélier, l'abeille et l'œil se trouvent sous les pieds du dieu-faucon. Le coffre est dans mon tombeau. La grenouille connaît l'entrée. Je suis Dedephor, grand voyant d'Héliopolis. Mon ultime jeu est prêt à te recevoir.

Personne n'eut le temps de réfléchir au mystérieux contenu du papyrus. Jusque-là fort silencieux, le grand prêtre Ankhhaef s'écria :

— Par Hathor! Pourquoi fallait-il que Djoser confie l'un des quatre coffres à ce fou furieux!

— Quel est le motif de ces paroles, Ankhhaef? questionna Mykérinos. Que sais-tu sur le grand voyant Dedephor?

Le grand prêtre se massa le crâne. À l'évidence, le message lu par Leonis l'avait secoué. Il expira profondément et exposa la raison de son embarras:

— Veuillez pardonner mon emportement, Pharaon. Je connais l'histoire de Dedephor. Elle faisait partie des enseignements que j'ai reçus à l'époque où je n'étais qu'un initié. On nous racontait ce récit afin de nous montrer que la vanité pouvait détruire le plus pieux des hommes. L'orgueil a provoqué la démence de Dedephor. Si vous le permettez, Pharaon, nous devrions nous asseoir. Je parlerai longtemps. Vous comprendrez mes craintes lorsque je vous aurai entretenus des actions néfastes de ce triste personnage.

Mykérinos acquiesça. Le vizir Hemiounou ramassa le couvercle pour le déposer sur le coffre. Ils allèrent s'asseoir sur les coussins colorés qui recouvraient une partie du plancher de dalles. Le grand prêtre Ankhhaef fut le dernier à s'installer. Il ajusta le pectoral coloré qui ceignait son cou et entama ses révélations d'un air grave:

— Sous le règne du roi Djoser, Dedephor fut grand voyant d'Héliopolis. Les initiés le craignaient. Il était irascible et intransigeant. Dedephor adorait les jeux, les défis et les duels. On disait de lui que sa vivacité d'esprit ne pouvait être comparée qu'à son adresse et à sa force physique. Les récits racontent que, dans sa jeunesse, personne ne pouvait courir plus vite et plus longtemps que lui. Il était aussi un excellent archer. Son arc était à ce point inflexible que les meilleurs combattants de l'Empire n'arrivaient pas à le tendre. À six ans, il maîtrisait déjà les mots de dieu. À dix, il surpassait ses maîtres. Aucune étoile connue de l'homme n'échappait à son savoir. Son apprentissage des rites se fit à une vitesse impressionnante. Dès l'âge de trente ans, il fut nommé grand voyant d'Héliopolis. Les prêtres qui accèdent à ce titre ont généralement vingt ans de plus. Cet homme était très intelligent. Tellement, que le brillant et vénéré architecte Imhotep lui rendait parfois visite pour lui demander conseil. Le grand prêtre Dedephor était donc un être exceptionnel. Ce genre de personnage mérite généralement les louanges de ses successeurs. Mais les fautes commises par Dedephor durant son existence de mortel l'ont privé de l'admiration de ses descendants. On lui a certainement interdit l'entrée de l'Autre Monde. De toute manière, son cœur rempli de sacrilèges aurait pesé trop lourd dans la balance de Maât...

Ankhhaef se réfugia un moment dans ses souvenirs. Les yeux clos, il tentait de se remémorer chacun des détails de ce récit qu'on lui avait relaté dans sa jeunesse. Les autres l'observaient attentivement. Les lèvres du grand prêtre dessinèrent une moue de mépris. Lorsqu'il poursuivit, sa voix était teintée d'indignation :

— Dedephor était prétentieux. Beaucoup de gens s'extasiaient devant lui, mais son plus grand adorateur n'était autre que lui-même. Chaque année, au cours de la grande fête de Min, une compétition avait lieu dans la capitale. Durant une semaine, les meilleurs combattants du royaume s'affrontaient afin de définir lequel d'entre eux serait le plus fort, le plus habile et le plus endurant. Dedephor implora le roi Djoser de le laisser participer à ces épreuves. Djoser accepta. Il vous est permis de croire qu'en affrontant d'authentiques guerriers, un prêtre comme Dedephor n'avait pas la moindre chance de triompher. Sachez toutefois que, durant sept ans, cet homme de culte vainquit chacun de ses redoutables adversaires.

— Que s'est-il passé ensuite? interrogea Hemiounou. Un combattant aura finalement eu raison de lui?

— Non, vizir. Dedephor ne fut pas défait par un homme… Un jour, son ambition exagérée le poussa à commettre une erreur lourde de conséquences. Puisqu'il ne pouvait trouver son égal parmi les soldats de l'Empire, il décida d'affronter un lion. Pour justifier ce projet insensé, le grand prêtre prétendit que, pendant qu'il récitait les hymnes d'adoration dans le Naos du temple, la statue du dieu s'était animée et lui avait parlé. Rê avait affirmé que Dedephor était un demi-dieu et qu'il pouvait se mesurer à un lion sans craindre la défaite. Il n'y avait probablement rien de vrai dans ces paroles. Le grand prêtre avait foi en ses forces. Sa vanité étouffait sa raison. Il possédait l'inébranlable certitude de pouvoir vaincre à mains nues le plus féroce des fauves. Dedephor ne se contentait pas d'être un personnage de grande qualité. Il voulait devenir une divinité aux yeux des hommes. S'il avait connu les projets du grand voyant, le roi lui aurait assurément interdit de commettre une telle sottise.

— Vous voulez dire que Dedephor a réellement affronté un lion! s'étonna Montu.

— En effet, mon garçon. Ce dramatique combat eut lieu dans la grande cour de culte

94

du temple de Rê d'Héliopolis. Des prêtres et des initiés y assistèrent. Le lion avait été capturé dans le désert. Il était puissant et belliqueux. Dès que la bête fut délivrée, elle se précipita sur Dedephor. Le corps à corps s'engagea aussitôt. Le grand voyant fut vite malmené par le lion. L'homme tenta de fuir, mais la bête le rattrapa. Ses redoutables mâchoires se refermèrent sur l'une des jambes de l'imprudent. Ce dernier fut secoué dans tous les sens. Des prêtres tentèrent de tuer le lion avec de vulgaires javelines. La rage du grand fauve décupla. Il délaissa Dedephor et tua deux hommes. Un prêtre lecteur eut l'inspiration secourable d'ouvrir les portes du temple. L'animal se précipita vers le portique et passa sous le pylône. Une javeline plantée dans son flanc ensanglanté, il se dirigea vers l'est, traversa la cité et gagna le désert. Dedephor venait de payer un lourd tribut à Rê pour avoir osé mentir en son nom. Trois jours après ce funeste événement, sa jambe fut coupée…

La blessure physique de Dedephor mit du temps à se cicatriser. La meurtrissure qui affligeait son âme, quant à elle, ne guérit jamais tout à fait. Le récit de sa conduite déraisonnable n'arriva pas aux oreilles du roi. Les officiants du temple de Rê d'Héliopolis vénéraient toujours le grand voyant Dedephor. On imagina une histoire pour expliquer la perte de sa jambe. On prétexta que le lion s'était subitement introduit dans la cour de culte et qu'il avait tué deux prêtres avant que le brave Dedephor, au péril de sa vie, ne parvienne à le chasser. À la suite de ce mensonge éhonté, le grand voyant fut largement récompensé pour un acte de bravoure qu'il n'avait jamais accompli. Une autre faute venait appesantir son cœur.

— Ce récit est navrant, Ankhhaef, intervint Mykérinos. Tu as raison de dire que Dedephor était fou. J'ose croire que ce malheureux s'est assagi après cette mésaventure. Avec une seule jambe, il lui était désormais impossible de combattre.

— Dedephor ne s'est pas assagi, Pharaon. Au contraire… Après ce combat absurde qui l'avait rendu impotent, le grand voyant d'Héliopolis ne pouvait plus se mesurer aux meilleurs guerriers de l'Empire. Cette réalité exalta sa démence. Il devint encore plus fou, donc. Puisque son corps ne lui permettait plus d'exhiber sa force et ses habiletés physiques, il compta sur son génie pour assouvir son orgueil. Une fois remis de sa grave blessure, Dedephor convia les plus savants personnages de son époque à des affrontements qu'il appelait « duels d'esprits ». Chacun des participants devait inventer quelques énigmes. Les duels se déroulaient dans le calme et le respect. Deux compétiteurs s'enfermaient dans une pièce et, à tour de rôle, ils formulaient leurs énigmes. Le premier d'entre eux qui ne pouvait résoudre le problème exposé par son vis-à-vis perdait la partie. Je ne vous étonnerai sans doute pas en vous disant que Dedephor gagnait toujours.

— Ce jeu semble amusant, dit Leonis. Il n'y a aucune haine dans ce genre de compétition. Personnellement, je préfère les énigmes au combat. Que s'est-il passé, par la suite, pour que Dedephor soit considéré comme dément?

— Tes paroles nous apportent une partie de la réponse, enfant-lion. Il n'y avait guère d'animosité dans ces duels. Il s'agissait en fait de compétitions amicales qui ne recelaient aucun enjeu important. Dedephor triomphait sans passion. J'imagine que, lorsqu'il combattait dans l'arène, son plus grand plaisir était de lire l'humiliation dans les yeux de ceux qu'il terrassait. Les guerriers qui se sont fait battre par le grand prêtre Dedephor devaient se sentir déshonorés. Cette constatation devait flatter et satisfaire l'amour-propre de ce fou. Lorsqu'il avait le dessus sur un combattant, il lui ravissait sa fierté. Visiblement, les duels d'esprits ne lui apportaient pas autant de contentement. Il s'en lassa. Le grand voyant avait besoin de sensations fortes et un plan pervers germa dans son cœur. La réalisation de ce projet nécessitait de grands moyens, mais il n'hésita pas à puiser dans l'or du temple de Rê d'Héliopolis pour le concrétiser. J'ai du mal à comprendre qu'une telle entreprise ait pu demeurer secrète. Le projet de Dedephor exigeait la présence d'un habile architecte. Certains ont prétendu que le loyal Imhotep aurait contribué à cette frasque inqualifiable. Personnellement, je n'en crois rien. Néanmoins, nous savons que, cinq années après avoir perdu sa jambe, Dedephor avait donné corps à ce qu'il appelait « l'ultime jeu ».

— C'est étrange, glissa Montu, mais ce nom ne m'inspire pas confiance.

— Tes inquiétudes sont malheureusement justifiées, Montu, répliqua Ankhhaef. L'ultime jeu est, à n'en pas douter, une création à la mesure du déséquilibre de Dedephor. Ce dernier acheta cinquante esclaves. Il engagea aussi vingt jeunes ouvriers. Il promit beaucoup d'or à ces derniers. Un camp fut construit sur le site que Dedephor avait choisi. Encouragés par la certitude d'amasser une petite fortune, les travailleurs acceptèrent de demeurer sur le chantier tant et aussi longtemps que le projet ne serait pas achevé. Des mercenaires engagés par le grand voyant veillèrent à ce que cette condition fût respectée. Au sud du royaume, dans une grotte creusée autrefois par les eaux du Nil, Dedephor fit aménager ce qui était censé devenir son tombeau. La construction de cette demeure d'éternité n'était cependant qu'un prétexte. Il destinait cette fausse sépulture à un horrible usage. En vérité, cette grotte devait servir de cadre au jeu que son âme démente avait enfanté. Les vingt ouvriers et les cinquante esclaves qui besognèrent sur ce site ne le quittèrent jamais. Il semble qu'aucun de ces malheureux n'eût survécu à la folie de Dedephor.

— C'est incroyable, jeta le vizir. Comment se fait-il que personne n'ait eu connaissance de ce projet ?

— Je me suis interrogé à ce sujet, vizir. J'ignore comment il y est parvenu, mais Dedephor a réussi à tromper la vigilance des autorités. Concernant son tombeau, les archives stipulent que les travaux ont été interrompus en raison d'un effondrement. C'est faux, évidemment. Le projet a bel et bien été mené à terme. Malgré l'ampleur de sa réalisation, Dedephor a continué à veiller au culte et à enseigner aux initiés du temple de Rê d'Héliopolis. Il s'absentait souvent durant de longues périodes, mais rien ne transparaissait de son insanité. L'existence et l'emplacement de l'ultime jeu n'étaient connus que par quelques prêtres qui vouaient à son créateur une admiration sans faille. L'un de ces officiants, qui, après la mort du grand voyant, était devenu un pauvre vieillard brisé par le remords, fit tout de même des révélations au clergé. Il avoua tout à propos des sacrilèges commis par Dedephor. Quelques années auparavant, ce fou avait été porté au tombeau. L'histoire raconte que son sarcophage repose dans un mastaba érigé dans la nécropole de Saqqarah. Pourtant, si l'on se fie au papyrus découvert dans le coffre, nous pouvons affirmer que la momie de Dedephor n'est pas dans cette tombe. La véritable sépulture de ce triste personnage se trouve dans les entrailles d'un rocher situé quelque part entre Hierakônpolis et Edfou. Lorsque le coffre lui a été confié, cet être pétri d'orgueil a sans doute jugé que sa dépouille devait être présente au moment où viendrait le sauveur du royaume.

— Que savez-vous de l'ultime jeu? demanda l'enfant-lion.

— Bien peu de choses, Leonis. Les révélations faites par le prêtre ont été mises par écrit sur quelques rouleaux de papyrus. Ces rouleaux se trouvent encore dans les archives du clergé. De nombreux hommes de culte connaissent l'histoire de Dedephor, mais un voile de mystère entoure l'ultime jeu. Nous savons que le grand voyant d'Héliopolis avait un peu plus de quarante ans lorsque sa maléfique création fut prête à recevoir des candidats. Les participants étaient des hommes à l'image de Dedephor. Il s'agissait d'excellents guerriers possédant une remarquable intelligence. Il fallait que ces individus soient aussi prétentieux que l'homme de culte pour relever le défi que celui-ci leur proposait. Nul ne connaît la nature des épreuves imaginées par le grand voyant. La récompense promise à celui qui réussirait à les traverser était attrayante. Dedephor s'engageait à lui offrir un véritable trésor. En cas d'échec, la mort attendait le compétiteur. Le prêtre devait posséder de solides arguments. Il semble que ceux qui refusaient son offre étaient rares. Malgré son infirmité, Dedephor avait trouvé une façon d'affronter des hommes de sa trempe. L'ultime jeu requérait force, adresse et intelligence. Le grand voyant affirmait que les épreuves qu'il avait conçues pouvaient être surmontées. Cette pensée ne lui déplaisait pas. Il disait que, pour que le jeu devienne intéressant, il fallait que, dans les deux camps, les risques encourus soient réels et comparables. Ainsi, si l'un des candidats l'emportait, Dedephor connaîtrait l'humiliation de la défaite. Il devrait aussi renoncer à la fortune qu'il avait bassement accumulée en puisant sans vergogne dans l'or du temple de Rê. Si l'adversaire échouait, il perdait la vie. La monstrueuse prétention du grand voyant d'Héliopolis fut certainement satisfaite. Il mourut à soixante-treize ans et, jusqu'à son trépas, aucun homme ne triompha de l'ultime jeu…

Mykérinos hochait la tête avec une expression incrédule. Il retira le némès et appliqua les paumes sur ses tempes. Le pharaon souffla une phrase inaudible qui ressemblait à une prière. Ensuite, il déclara d'une voix chevrotante:

— Encore une fois, le malheur nous afflige. Nous savons désormais que l'un des coffres contenant les joyaux de la table solaire fut confié à Dedephor. Évidemment, s'il avait eu vent de la démence de cet homme, le roi Djoser n'aurait jamais laissé un objet aussi précieux entre ses mains. Le grand voyant du temple de Rê d'Héliopolis aura réussi à le tromper. Les trois prochains joyaux ont été enfermés dans le véritable tombeau de

Dedephor. À la lumière du message qu'il a laissé dans le coffre, tout indique que l'ultime jeu est prêt à recevoir un autre compétiteur. Cette fois, mes amis, il s'agira malheureusement du sauveur de l'Empire.

# 9

# DOUX MOMENT

L'enfant-lion, Montu et Menna partiraient deux jours plus tard. Le grand prêtre Ankhhaef les accompagnerait et ils gagneraient Hierakônpolis à bord d'une barque royale propulsée par seize rameurs. Cette embarcation serait escortée par deux bateaux manœuvrés par des soldats. Bien entendu, une telle flottille risquait d'attirer les regards, mais ce qui importait avant tout, c'était d'arriver rapidement à destination. Hierakônpolis était loin de Memphis. Pour l'atteindre, il fallait naviguer à contre-courant. En progressant vers le sud, après avoir dépassé la cité de Thèbes, le flot du Nil s'intensifiait. Leonis et ses compagnons n'avaient guère envie de se briser le dos à pagayer. À trois, ils auraient mis des semaines avant de parvenir au terme de leur voyage. Maintenant que l'espion des adorateurs d'Apophis avait été mis hors d'état de nuire, les ennemis de la lumière ne sauraient rien du prochain périple du sauveur de l'Empire. Les bateaux de Pharaon sillonnaient fréquemment le grand fleuve. Ils étaient souvent mis à la disposition de hauts fonctionnaires qui devaient parcourir le royaume. Il était donc permis de croire que, lors du départ de l'enfant-lion, au moment où les longues barques quitteraient les débarcadères de la capitale, personne ne s'interrogerait outre mesure sur l'identité des passagers qu'elles transporteraient.

Ce soir-là, la joie régnait dans la demeure de Leonis. Après le dévoilement des trois premiers joyaux, les aventuriers avaient participé à une fête réservée aux gens de la cour et organisée pour souligner le retour du pharaon Mykérinos. Les réjouissances avaient eu lieu dans les jardins et s'étaient achevées au coucher du soleil. Leonis et ses amis avaient ensuite regagné la maison avec l'intention de s'amuser. Bien entendu, ils avaient discuté de Dedephor et de son ultime jeu. Combien d'horribles pièges les attendaient dans le sinistre tombeau de cet être démentiel? Tout indiquait qu'il fallait s'attendre au pire. Au mépris de cette certitude, les jeunes gens avaient conclu qu'il fallait profiter des derniers instants de confort et de repos dont ils disposaient. Dans une chambre faiblement éclairée qui jouxtait la salle principale, Montu jouait au senet[7] avec Mérit. À leurs côtés, sans doute inspirés par l'histoire du grand voyant Dedephor, Menna et l'enfant-lion avaient initié Raya au jeu des devinettes.

La pièce dans laquelle les jeunes gens s'étaient installés était petite, mais on l'avait décorée avec goût. Les cloisons de briques crues étaient agrémentées de scènes diverses aux couleurs vives. La plupart de ces images s'inspiraient de la vie quotidienne. On y voyait des hommes armés de boomerangs qui chassaient le canard sauvage dans les fourrés de papyrus. Un pêcheur s'apprêtait à lancer son javelot pour harponner un gros poisson. Sur un autre segment, l'artiste avait représenté une jeune femme jouant de la harpe. Près de cette musicienne, deux danseuses effectuaient d'élégantes acrobaties. Bordant le plafond, une frise montrait des oiseaux perchés sur des branches d'acacias. Une cloison complète avait été dédiée au lion. On y apercevait le puissant fauve dans des poses différentes qui glorifiaient sa majesté. Le mobilier était constitué de deux tables basses aux incrustations d'or, de bronze et de turquoise. Il y avait aussi des

---

7. SENET: JEU DE TABLE RESSEMBLANT AUX DAMES, TRÈS RÉPANDU DANS L'ÉGYPTE ANCIENNE.

tabourets aux pieds sculptés en forme de patte de lion, une grande armoire à motifs floraux et deux coffres de bois peint. Des vases de pierre, ainsi que des statues d'ébène et d'albâtre complétaient l'ensemble.

Malgré le luxe ambiant, Leonis, Menna, Montu et les jumelles s'étaient tout bonnement assis sur les nattes qui recouvraient le plancher. C'était au tour de Menna de formuler son énigme. Il se mesurait à Raya. Étendu sur le sol, Leonis observait ce face-à-face avec intérêt. Le soldat se concentra longuement. Son regard s'éclaira enfin et il pouffa de rire. Visiblement satisfait par l'inspiration qui venait de lui traverser l'esprit, il lança :

— J'ai des plumes, je vole et ma tête est pointue. Qui suis-je ?

— Une flèche, répondit aussitôt Raya sur un ton moqueur.

Le visage hilare de Menna se voila de déception. Confondu par la réplique rapide de la jeune fille, il grommela :

— Tu es trop forte, Raya. J'avais la certitude que tu songerais à un oiseau.

— Allons ! rétorqua la servante. Je ne suis quand même pas naïve à ce point ! Cette réponse était trop évidente ! D'après ce que vous m'en avez dit, Leonis et toi, il faut réfléchir pour résoudre une énigme. La tienne n'était pas très difficile, Menna. Tu as voulu me piéger, mais je suis très rusée, mon ami.

— Bien, s'offusqua le soldat, voyons si tu peux faire mieux que moi, maintenant.

Raya leva les yeux en l'air et médita en se mordillant les lèvres. Après un moment de réflexion, elle frappa dans ses mains et fit cet énoncé :

— Il est devant toi et aussi devant moi. Je peux le voir, mais tu ne le vois pas…

Menna pencha la tête pour observer la natte sur laquelle il était assis. Il scruta l'espace entre lui et Raya, se gratta la tête et, en affichant une moue de dépit, il abdiqua :

— Je suis vaincu, mon amie.

— La réponse est pourtant simple, Menna, triompha la jeune fille. Il s'agit de ton visage ! Je le vois, mais tu ne peux le voir. Il est devant toi et également devant moi !

L'enfant-lion éclata d'un rire sonore. Avec enthousiasme, il félicita la servante :

— Tu es brillante, Raya ! Si tu avais compté parmi les adversaires de Dedephor, le grand voyant n'aurait sans doute pas connu autant de succès !

Montu détourna son regard du jeu de senet. En blaguant, il proposa :

— Je me demande s'il ne serait pas préférable d'envoyer les jumelles à la recherche des trois prochains joyaux. Elles savent se battre, elles sont intelligentes…

— Certainement, s'interposa Mérit, une lueur de malice dans les yeux. Nous pourrions prendre votre place, Montu, mais, nous, qui nous remplacerait? Vous en seriez incapables. Lorsque nous reviendrions avec le coffre, cette maison aurait les allures d'une étable. Occupez-vous donc de sauver l'Empire. Raya et moi, nous nous chargerons des tâches vraiment importantes.

Un nouveau déferlement de rires se fit entendre. Sur un ton plus sérieux, Raya dit:

— Ma sœur plaisante, bien sûr. Néanmoins, je dois avouer que je ne détesterais pas vous accompagner de temps à autre. Ça semble excitant, l'aventure!

— C'est surtout dangereux, précisa Menna. Nous n'avons rapporté qu'un seul coffre. Pour y arriver, nous avons cependant dû risquer nos vies à de nombreuses occasions. Vous êtes très adroites et très courageuses, les filles. Toutefois, je préfère vous savoir ici. Vous faites partie de notre petite équipe et nous tenons à vous. Votre rôle est plus important que vous ne le croyez. Durant nos aventures, nous vivons parfois des choses horribles. Votre bonne humeur nous permet de chasser nos tourments.

Sur ces mots, Menna céda sa place à l'enfant-lion. Le soldat s'étendit à son tour sur le sol et ferma les paupières. Leonis toisa la jeune fille avec défi, se frotta les mains et déclara :

— Puisque tu as battu Menna, c'est à toi de commencer, ma douce Raya.

En fixant l'entrée de la pièce qui se trouvait derrière l'adolescent, la servante se plongea dans ses réflexions. Elle se tapota les joues, eut un léger sursaut, examina ses ongles peints en rouge et, les yeux scintillants, elle jeta :

— Elle est la plus belle fleur d'Égypte. Elle réside au palais et elle habite ton cœur !

— Heu... Il... il ne peut s'agir que de la princesse Esa, Raya. Ce n'est pas une énigme, ça.

— Qui te parle d'énigme, Leonis ? Je voulais simplement te décrire la magnifique jeune fille qui vient de se glisser sans bruit dans cette pièce !

La stupeur couvrit les traits du sauveur de l'Empire. Il se retourna brusquement et constata avec bonheur que la servante n'avait pas menti. La princesse Esa se tenait à quelques pas de lui. Une perruque ornée de barrettes d'or encadrait son visage radieux. Elle portait une robe blanche et plissée qui lui couvrait les chevilles. Une écharpe dorée ceignait sa taille et un collier de pétales stylisés parait son cou. Elle était splendide! Devant autant de beauté et de grâce, Leonis demeura bouche bée. La princesse le salua en esquissant une mimique à la fois timide et amusée.

— Bonsoir, enfant-lion, dit-elle en s'inclinant.

— Bon... bonsoir, princesse Esa, répondit Leonis en se levant maladroitement. Votre visite m'étonne. Il y a sans doute encore des gens dans les jardins. S'ils vous ont vue, votre père ne tardera pas à le savoir et...

— Mon père sait que je suis ici, Leonis. Si vous n'y voyez pas d'inconvénient, il m'autorise désormais à vous fréquenter.

Les paroles de la princesse comblèrent le cœur de Leonis d'une indicible flambée d'espérance. Les jumelles se levèrent précipitamment pour s'approcher d'Esa. Raya et Mérit roucoulaient de joie. Leurs regards étincelaient de curiosité. Silencieusement, le sauveur de l'Empire fixait la fille de Mykérinos. La stupéfaction lui comprimait la gorge. Esa éclata d'un rire cristallin. D'une voix tremblante de fébrilité, elle expliqua:

— J'ai dit à mon père que vous me donniez des leçons de harpe, mon brave ami. Ma mère est maintenant convaincue que vous êtes un excellent musicien.

— Vous savez bien que je joue comme un babouin, Esa. Il y a peu de temps, votre mère s'est laissée duper par notre mise en scène. Elle a cru que je manipulais la harpe alors qu'en vérité, les mains qui sortaient des manches de ma tunique étaient celles de Mérit. Montu et Menna ont bien ri lorsque je leur ai décrit la scène. Nous avons eu beaucoup de plaisir, cette soirée-là. Seulement, je n'oserais pas agir ainsi devant Pharaon.

— Vous n'aurez pas à le faire, Leonis. Nous pouvons oublier la harpe. Lorsqu'il a su que vous me donniez des leçons, Mykérinos m'a fait un discours qui m'a renversée. Il m'a dit qu'apprendre à maîtriser un instrument pourrait certainement égayer mes soirées, mais que le temps était venu pour moi de m'ouvrir à autre chose qu'au confort douillet du palais. Il a affirmé que je ne devrais pas rester sans cesse dans mes quartiers à me faire dorloter par les domestiques. Il a dit aussi que je ne sortais pas assez souvent pour profiter de l'air des jardins et que je pouvais parfois me passer de mon escorte pour me balader à l'intérieur de l'enceinte. C'est complètement fou! Il y a quelque temps, si je n'avais pas trois soldats et au moins une domestique attachés à mes sandales, il m'interdisait de mettre le nez dehors! Je devais même quitter le palais sans être remarquée pour venir vous rencontrer!

— Pharaon est sans doute moins inquiet pour vous depuis que nous avons démasqué l'espion, avança Leonis. La garde royale est efficace. Personne ne peut pénétrer dans l'enceinte sans autorisation. Les jardins sont protégés des intrusions, mais, puisque le traître agissait de l'intérieur, il n'y avait aucun risque à courir. Maintenant, votre père vous permet de sortir. J'en suis très heureux, Esa. J'espère seulement que ce n'est pas cette permission qui vous fait croire que Mykérinos vous autorise à me fréquenter.

— Soyez tranquille, mon brave ami. Mon père a beaucoup d'estime pour vous et vos compagnons. Il m'a dit que j'avais besoin de profiter de la compagnie de gens de mon âge. Il a raison et, de mon côté, je ne demande pas mieux. Tout à l'heure, lorsque je suis entrée, j'ai entendu vos rires et j'ai tout de suite ressenti le besoin de me joindre à vous. Je n'ai que quatorze ans et les plus jeunes domestiques de ma suite en ont le double. Mes servantes sont très gentilles et très dévouées. Toutefois, je m'amuse peu en leur présence. Mykérinos m'a suggéré de venir voir fréquemment mes amies Raya et Mérit pour partager leurs loisirs et leurs conversations. Les jumelles et moi avons grandi ensemble dans la grande demeure de Thèbes. Nos nourrices étaient cousines. Si elles n'avaient pas été choisies pour devenir vos domestiques, j'aurais tout fait pour qu'elles me soient désignées. Pharaon m'a aussi proposé de poursuivre mes leçons de harpe dans votre maison, enfant-lion. Il m'a priée de vous demander respectueusement d'accepter cette requête. Il ne faudrait surtout pas que je vous dérange, inestimable sauveur de l'Empire.

La princesse termina sa phrase en accomplissant une courbette exagérée qui provoqua le rire des autres. Elle leva ensuite sur Leonis un visage rayonnant de joie. Le garçon l'observait avec béatitude. Il ne s'attendait pas à une telle nouvelle. Dorénavant, il pourrait voir Esa avec le consentement de Pharaon. La princesse et lui n'auraient plus à se cacher ou à utiliser la ruse pour se rencontrer. Esa viendrait le visiter souvent et ils pourraient dialoguer à leur aise, sans inquiétude et sans précipitation. Voyant que son maître ne trouvait pas les mots pour décrire son bonheur, Raya intervint:

— Lorsque l'enfant-lion vous épousera, princesse, nous deviendrons vos servantes par la force des choses.

— Rien n'est encore fait, Raya, murmura Leonis en émergeant du brouillard de sa stupeur. Esa est l'unique enfant engendrée par la belle

Khamerernebty. La mère de la princesse est la favorite de Pharaon. Même si le roi a eu d'autres enfants avec ses autres femmes, je suis persuadé qu'Esa occupera toujours la plus grande place dans son cœur. Elle ne régnera jamais sur l'empire d'Égypte. L'un de ses demi-frères succédera à Mykérinos. Malgré tout, Pharaon réserve certainement la main d'Esa à un homme qui possédera d'immenses qualités.

— Vous connaissez mon opinion à ce sujet, Leonis, répliqua Esa. Pour moi, aucun habitant du royaume n'a plus d'importance que vous. Vous êtes le seul être à pouvoir préserver l'Empire de la fin des fins. Il est vrai que je suis la préférée de Pharaon. Mon père me fait construire un palais. Le roi Khéops lui-même n'a jamais fait bâtir le moindre temple pour ses filles. Mykérinos m'offrirait l'Égypte s'il le pouvait. Il ne me privera certainement pas de mon plus grand désir en ce monde. Je renoncerais volontiers à toutes les richesses et à tous les bienfaits qui m'entourent pour vivre le seul bonheur qui compte réellement pour moi, Leonis. Ce bonheur n'existera que si je marche à vos côtés jusqu'au dernier souffle de ma vie.

L'enfant-lion sentit son cœur se serrer. Son regard vert comme le Nil se brouilla de larmes. Il hocha doucement la tête et murmura :

— Si vous marchez un jour à mes côtés, douce Esa, jamais le monde n'aura été aussi beau. Mais, si vous deveniez ma femme et si votre mort précédait la mienne, vous devez savoir que j'arrêterais de respirer immédiatement après votre dernier souffle.

Devant les yeux émus de ses amis, Leonis saisit tendrement la main délicate et soignée que lui tendait la princesse Esa. En cette belle soirée propice aux joies du cœur, la fille du souverain partagea un doux moment de la vie de l'enfant-lion. Elle fut grandement déçue en apprenant le départ imminent du sauveur de l'Empire. Mais, en dépit de ce fait, les amoureux pouvaient désormais envisager l'avenir d'une autre façon. L'un et l'autre s'émerveillaient en songeant que des instants comme celui qu'ils vivaient se reproduiraient couramment. Ils étaient donc heureux. Ils ne pouvaient prévoir que cette agréable veillée leur dispensait quelques inappréciables heures de bonheur avant une longue et déchirante séparation.

# 10
# LES SACRIFIÉS

Le flot silencieux des adeptes qui pénétraient dans le Temple des Ténèbres commençait à s'épuiser. Peu à peu, les gradins s'étaient remplis. Hapsout était assis depuis un bon moment déjà. Il explorait du regard le fabuleux dôme surplombant la grande arène de sable qu'encerclaient les tribunes. Sous la voûte, des étendards à l'effigie du grand serpent pendaient dans la pénombre. La première fois qu'il avait franchi l'entrée du lieu de culte des adorateurs d'Apophis, le jeune Hapsout avait été sidéré par le caractère exceptionnel de sa construction. Le sanctuaire des ennemis de la lumière était un ouvrage qui défiait l'entendement. Ceux qui y pénétraient avaient l'impression de s'infiltrer dans une gigantesque coquille. La paroi incurvée qui ceinturait l'arène était lisse, équilibrée et effarante de perfection. Peu à peu, en s'élevant, sa circonférence se réduisait jusqu'à atteindre l'axe de la coupole située à une hauteur vertigineuse. De l'intérieur, le temple ressemblait à un immense œuf. Il faisait aussi songer à un colossal vase de pierre sombre façonné par un titan.

L'architecture du Temple des Ténèbres n'avait rien en commun avec celle qui prévalait dans les innombrables sanctuaires de l'Empire. Dans le granit noir de son unique paroi sphérique, des escaliers, des gradins et des balcons avaient été aménagés. L'arène était parfois utilisée comme aire de jeu ou d'entraî-nement pour les troupes d'élite de Baka. Toutefois, son principal usage consistait à servir d'autel sacrificiel durant les cérémonies. Lors de ces événements, le grand serpent Apophis venait, en chair et en os, faire honneur aux offrandes que lui livraient ses adeptes. Une haute muraille de granit jalonnée de flambeaux entourait cette vaste surface sablonneuse.

Installé dans une rangée située loin de l'arène, Hapsout broyait du noir. Depuis deux semaines, il s'efforçait de digérer l'échec que lui avait fait subir Leonis dans les ruines du temple de Ptah. Cette nuit-là, il avait au moins eu le bonheur de frapper ce minable. Pendant un instant, l'enfant-lion avait été à sa merci. Il était désarmé et un puissant coup de bâton dans l'abdomen lui avait fait perdre le souffle. Il eût suffi d'un coup de lance pour mettre un terme à la vie de ce pitoyable garçon. Seulement, il y avait eu les chats. Des centaines de ces horribles bêtes malodorantes, miteuses et grouillantes de puces s'étaient jetées sur Hapsout et ses acolytes. Le vilain jeune homme s'en voulait de ne pas avoir assassiné Leonis dès la première occasion. Mais, qui eût pu prédire l'intervention des félins? Ce genre de phénomène défiait la logique. L'ancien contremaître Hapsout avait pris son temps, car il désirait faire éprouver à Leonis une terrible humiliation; une honte plus profonde encore que celle que ce vaurien d'esclave lui avait fait vivre sur le chantier du palais d'Esa. Malheureusement, ce bref moment d'hésitation avait tout gâché.

La sorcellerie avait donc soustrait le sauveur de l'Empire à une mort certaine. Après l'assaut des chats, les archers du pharaon avaient attaqué. Leurs corps tailladés par les griffes des félins, Hapsout et l'un des deux gaillards qui l'avaient accompagné étaient parvenus à s'enfuir. Ils avaient rejoint Baka dans un domaine tenu par la sœur de ce dernier. En apercevant leurs tuniques lacérées et imbibées de sang, le maître des adorateurs d'Apophis avait aussitôt compris que les choses n'avaient pas fonctionné comme prévu.

Une flèche plantée dans l'épaule, Hay, ce rude combattant des troupes d'élite, s'était lourdement écroulé sur les dalles du hall. Baka avait ordonné à un domestique d'aller chercher le médecin du domaine. Par la suite, il avait interrogé Hapsout qui grimaçait de douleur en raison des innombrables plaies qui parsemaient sa chair. Contre toute attente, le maître ne s'était pas laissé emporter par la colère. Le jeune homme avait néanmoins pu lire un certain mépris dans les yeux de Baka. Cette constatation l'avait affligé. À l'avenir, pourrait-il jouir d'une autre occasion de faire payer à Leonis le prix des affronts qu'il lui avait fait essuyer ? Le maître des ennemis de la lumière lui confierait-il d'autres missions d'importance qui lui permettraient de ridiculiser et d'assassiner cet insecte ? Hapsout en doutait. Après l'amère défaite subie dans les ruines de l'ancien temple de Ptah, le jeune homme avait regagné le repaire des adorateurs d'Apophis. Depuis, Baka ne l'avait pas convoqué. Hapsout avait pu se reposer. De sa mésaventure, il ne gardait plus que quelques égratignures presque cicatrisées. Son cœur était toutefois chargé de remords. La haine qu'il éprouvait envers l'enfant-lion grandissait de jour en jour. Bien entendu, il espérait la mort du sauveur de l'Empire. Mais, plus que tout, il souhaitait devenir l'unique responsable de ce trépas.

On referma les lourdes portes du temple. Le silence s'imposa rapidement dans les gradins. Plusieurs flambeaux s'éteignirent. Dans la muraille qui ceignait l'arène, un passage s'ouvrit. Les voix mélodieuses et confondues des prêtresses d'Apophis entamèrent un doux chant. Une procession de vingt jeunes femmes vêtues de longues robes noires se présenta sur l'aire sablonneuse. Comme elles le faisaient au début de chaque cérémonie, les prêtresses transportaient des récipients remplis de braises incandescentes. Longeant le haut mur, elles firent trois fois le tour de l'arène. Une fumée lourde et odorante s'exhalait des contenants. Ceux-ci furent déposés sur des socles; puis, emportant dans leur sillage les notes harmonieuses de leur mélopée, les jeunes femmes quittèrent l'enceinte. La fumée engendrée par les braises brouilla l'air du lieu de culte. Les adeptes se laissèrent envelopper par le parfum grisant de cette brume pâle. Durant un long moment, un silence de tombeau régna sous le gigantesque dôme. Ensuite, sur un balcon dominant les tribunes, des vasques dorées s'embrasèrent. Coiffé d'un némès noir sillonné de rayures rouges, Baka s'avança dans la clarté ondoyante des flammes.

Le maître des adorateurs d'Apophis jeta un regard circulaire sur la marée de ses sujets. Il leva les bras, ce qui provoqua l'assourdissante clameur de la foule. Baka inclina la tête vers l'arrière pour savourer l'ovation des adeptes. Lorsqu'il baissa brusquement les bras, les cris cessèrent instantanément. L'arène fut de nouveau éclairée et un groupe s'y engagea. Quatre combattants armés de lances escortaient trois prisonniers aux visages apeurés. Les captifs avaient les poignets attachés derrière le dos. D'autres liens enserraient leurs chevilles et gênaient leurs pas. Les malheureux furent conduits au centre de la surface sablonneuse. Le maître des adorateurs d'Apophis laissa planer un silence avant de faire entendre sa voix grave et puissante :

— Fils des ténèbres ! Ces derniers temps, le dieu Seth a mis nos forces et notre volonté à l'épreuve ! Beaucoup des nôtres ont connu la mort depuis ce jour où, dans l'espoir de préserver l'Égypte du grand cataclysme promis par Rê, l'enfant-lion s'est allié au roi Mykérinos ! En anéantissant ses fidèles, le dieu-soleil veut châtier le pharaon de m'avoir laissé vivre ! Rê se moque de savoir que cette destruction servirait notre cause ! Les divinités sont parfois intransigeantes ! Sur ce point, Seth n'est pas différent des autres ! Dois-je vous rappeler qu'il m'a autrefois confié la mission de l'aider à régner sur les dieux et les mortels? Il y a trente ans, il m'a guidé vers ces souterrains pour que je contemple le lieu de la naissance d'Apophis! Il m'a alors ordonné de bâtir un sanctuaire dans l'œuf de pierre du grand serpent et de réunir les hordes des ennemis de la lumière! Des années plus tard, je suis devenu roi d'Égypte! Le trône me revenait de droit parce que, comme tous les pharaons, j'étais le divin fils de Rê! Dans mon cœur, j'avais renié le dieu-soleil! J'ai néanmoins entrepris mon règne en louant son nom! Car, en devenant le maître des Deux-Terres, je pouvais disposer de tous les instruments et de toutes les richesses nécessaires pour mener à bien l'unique projet que je caressais! Avec l'or du royaume, j'ai accompli une part de la tâche que Seth m'avait confiée! Je savais que je ne parviendrais guère à convaincre le stupide clergé d'abjurer le culte du soleil pour embrasser notre cause! Je savais également qu'en avouant ma ferveur à l'égard du tueur de la lumière, ma chute du trône ne pourrait être évitée! Au péril de ma vie, j'ai tout mis en œuvre pour nuire au royaume d'Égypte! Comme je l'avais prévu, on m'a expulsé de l'Empire! Puisqu'à cette époque, j'avais la certitude de mourir, j'avais confié à certains d'entre vous la tâche de poursuivre ma mission! Cet insensé de Mykérinos m'a cependant épargné! Aujourd'hui, je demeure votre maître, fils des ténèbres! Un majestueux temple dédié à Apophis se dresse désormais dans ces souterrains! Notre repaire est grandiose et les adeptes du grand serpent y sont rassemblés pour adorer l'ennemi de Rê!

Baka leva les bras pour autoriser la foule à manifester sa joie. Une longue acclamation fit trembler le lieu de culte. En bas, les gardes avaient regroupé les prisonniers. À l'aide d'un lien robuste et impitoyablement serré, les trois captifs avaient été attachés ensemble. Ils promenaient des yeux ahuris sur l'impressionnant décor qui les entourait. De toute évidence, ils n'avaient jamais mis les pieds dans cet endroit. Les bras de Baka s'abaissèrent et la foule se tut. Le maître poursuivit son discours:

— Il y a presque quatre ans déjà, un oracle a annoncé la venue de l'enfant-lion! Le salut de l'Empire reposait entre les mains de ce modeste garçon! Nous avions le devoir de le retrouver avant les hommes du pharaon! Nos recherches ont lamentablement échoué! Leonis habite désormais le palais royal de Memphis et, si quelques-uns d'entre vous doutaient encore des habiletés de cet esclave, je tiens à dire à ceux-là qu'il s'agit bel et bien d'un être adroit, courageux et intelligent! Sachez, fils des ténèbres, que les trois premiers joyaux de la table solaire sont maintenant entre les mains de l'ennemi!

Une rumeur de déception parcourut les gradins. Un frisson d'écœurement zébra l'échine de Hapsout. Il grimaçait, refusant d'admettre les paroles que Baka venait de prononcer. Le jeune homme avait envie de se lever pour hurler que Leonis ne possédait pas la moindre habileté. Ce rat devait certainement sa réussite à la chance et à quelques obscures sorcelleries. Comment pouvait-on attribuer de l'intelligence et du courage à un esclave? Bien entendu, Hapsout s'abstint de faire connaître son point de vue au maître des adorateurs d'Apophis. Il passa nerveusement ses doigts ouverts sur son crâne rasé et masqua sa hargne derrière un visage impassible. Sur son balcon, Baka continua:

— Mykérinos a trouvé le sauveur de l'Empire avant nous et cette déconvenue a soulevé la colère de Seth! Dans nos rangs, les échecs se multiplient parce que le dieu du chaos nous ignore! Nous n'avons pas été à la hauteur de ce qu'il attendait de nous! Il nous juge indignes de le servir! Pour qu'il nous protège et nous insuffle de nouveau sa vigueur, nous devrons lui prouver que nous méritons toujours sa confiance! Ensuite, il nous écoutera! Les pertes ne doivent plus nous miner! La situation est grave, fils des ténèbres! Car, en quelques mois, nous avons perdu cinquante de nos vaillants combattants! De plus, je dois vous annoncer que l'Ombre, notre exceptionnel espion, a été démasqué!

Cette fois, un vent de panique souffla dans l'assistance. Personne n'éleva la voix, mais la consternation des adeptes était palpable. À l'exception de Baka, aucun adorateur d'Apophis n'avait servi la cause avec autant d'efficacité que l'Ombre. Depuis quinze ans, les renseignements que cet homme faisait parvenir au Temple des Ténèbres permettaient aux ennemis de la lumière d'accabler l'Empire comme une insidieuse infection. Dans les gradins, les gens échangeaient des regards inquiets. Le maître Baka laissa libre cours à un long et puissant rire. Il clama ensuite, sur un ton faussement amusé:

— Sans l'Ombre, nous ne serons plus informés des déplacements de l'enfant-lion! Qu'allons-nous faire, maintenant? Comment pourrons-nous assassiner Leonis si nous ne savons pas où il se trouve? Si vous aviez exécuté correctement votre besogne, la disparition de l'espion nous aurait fait moins mal! Il y aurait longtemps que le sort de l'Empire serait réglé! Si votre incompétence n'avait pas l'énormité des grandes pyramides, il ne nous resterait plus qu'à attendre la fin des fins pour monter tous ensemble dans la barque de Seth! Moi, je monterai dans cette barque! Je n'ai plus à prouver ma valeur aux yeux du puissant tueur de la lumière! Mais vous, fils des ténèbres, qu'adviendra-t-il de vous? Qui, dans cette assemblée, peut affirmer sans baisser les yeux qu'il a tout fait pour bien servir notre cause?

Baka s'interrompit un moment. Personne dans l'assistance n'osa répliquer. Le maître hocha la tête avec un sourire condescendant. Le silence des adeptes lui donnait raison. Il balaya l'air de la main et enchaîna:

— Vous me décevez, fils des ténèbres! Si vous tenez à rejoindre le royaume que nous a promis Seth, il vous faudra mériter votre passage! Ce matin, j'ai reçu la visite du commandant Neb! Récemment, cet homme a connu un cuisant revers! Cette mésaventure s'est produite sur le grand fleuve aux environs d'Abou Roash! Ce matin-là, vingt-neuf des valeureux combattants de Neb s'étaient lancés à la poursuite de Leonis! L'enfant-lion n'avait, semble-t-il, aucune chance de s'en tirer! Le sauveur de l'Empire et ses deux compagnons étaient en route pour le delta! Nos deux rapides bateaux se dirigeaient vers leur fragile barque quand les pêcheurs du Nil sont intervenus! Les vingt-neuf hommes de Neb ont péri dans ce carnage! Jusqu'à ce jour, nos troupes n'avaient jamais connu de défaite aussi cinglante!

Vous savez que je ne tolère pas l'échec! Seulement, je ne suis pas stupide! Je ne pouvais réprouver le commandant Neb pour le revers qu'il venait d'essuyer! Par le passé, cet homme a accompli des choses extra-ordinaires! Personne n'aurait pu prévoir que les pêcheurs se porteraient à la défense de Leonis! Les hommes du Nil ont toujours refusé de se joindre à nous. Certains d'entre eux ont été menacés. D'autres ont été assas-sinés pour faire comprendre à leurs camarades que nous étions sérieux! Les pêcheurs ne voulaient toujours pas intégrer nos rangs, mais ils n'osaient guère répliquer à nos agressions! J'ignore ce qui les a soudainement poussés à commettre le geste déraisonnable d'attaquer nos barques! Ces fous croyaient-ils vraiment s'en tirer sans représailles? Neb a décidé de tout mettre en œuvre pour faire oublier les désagréments causés par la perte de son groupe de combattants d'élite! Les trois hommes qui se trouvent dans l'arène sont des pêcheurs! Sans doute n'étaient-ils pas sur les lieux lorsque le sang de nos guerriers a été répandu! Malgré tout, ils doivent payer pour les actes de leurs frères! Nous devons leur capture à Neb! Ce vaillant personnage ne s'est pas laissé abattre par la défaite! Ce matin, il m'a livré ces captifs en m'assurant que les pêcheurs payeraient cher pour le massacre de nos guerriers! À l'avenir, les hommes du Nil connaîtront l'horreur! Leurs familles seront décimées! Le feu embrasera leurs barques et leurs maisons! Neb a prouvé son dévouement à la cause! Chacun de vous devrait suivre son exemple! Ce soir, fils des ténèbres, ces prisonniers seront livrés en offrande au grand serpent Apophis!

Les adeptes se levèrent pour glorifier leur maître. Le torrent de leurs cris d'extase déferla sur les prisonniers. Perclus de désespoir, les malheureux se retrouvaient dans un cauchemar. Aucun d'entre eux ne connaissait les adorateurs d'Apophis. Lorsque les hommes de Neb les avaient attaqués, ils étaient simplement en train de tirer leur embarcation sur la rive. Ligotés et frappés sans ménagement, les pauvres pêcheurs avaient dû marcher de longues heures sous le soleil accablant du désert. À présent, ils se tenaient au centre d'une arène et un fou, qui semblait être le chef de cette meute de fanatiques, venait de dire qu'ils seraient sacrifiés au dieu Apophis. Un mélange de terreur et d'incompréhension encombrait les pensées des captifs qui ne savaient rien de l'attaque évoquée par Baka. Sans autre forme de procès, on les condamnait à mort. Allait-on les brûler vifs? Allait-on les égorger? À quoi pouvait bien ressembler un sacrifice humain dédié à Apophis?

Les prêtresses revinrent activer les braises mourantes des contenants. La foule devint muette. Le prêtre Setaou pénétra à son tour dans l'arène. D'un pas prudent, il s'approcha des prisonniers. L'homme de culte transportait un récipient cylindrique qui contenait un liquide rouge et sombre. Il en aspergea copieusement les pêcheurs en prononçant une série de mots incompréhensibles. L'officiant se tourna ensuite vers les gardes. D'un bref signe de la tête, il leur signala qu'il était temps de quitter l'enceinte. À son odeur douceâtre, sa texture poisseuse et son goût de cuivre, les condamnés découvrirent rapidement la nature du liquide rouge qui maculait leur peau. C'était du sang. Positionné face au balcon du maître des adorateurs d'Apophis, l'un des pêcheurs remarqua que la paroi de pierre coulissait. Bientôt, un large orifice circulaire fut révélé. Là-haut, le fou hurla:

— Ô Apophis! Ennemi de Rê! Nous t'invoquons! Réponds à l'appel de tes adorateurs! Viens te repaître de la chair de ces hommes qui maudissent ton nom et tuent tes fidèles!

Dans les gradins, les ennemis de la lumière se dressèrent spontanément. D'une seule voix fracassante et surexcitée, ils martelèrent le nom du grand serpent. Les sacrifiés sentaient leurs corps trembler sous les coups répétés de l'appel. La foule scandait «Apophis! Apophis! Apophis!…» avec une telle puissance que les condamnés ne pouvaient communiquer entre eux. Lorsque la tête gigantesque du grand serpent s'engagea dans l'ouverture située sous le balcon de Baka, l'homme qui lui faisait face poussa un hurlement d'horreur que ses compagnons ne perçurent pas. Les adeptes se turent, mais celui qui voyait le prédateur n'arrivait plus à prononcer un seul mot intelligible. Dans un élan désespéré, il tira de toutes ses forces sur ses liens. Ce geste déséquilibra le groupe qui s'effondra sur le sable. À cet instant, un second prisonnier vit Apophis ramper vers eux. Cruellement entravés, les deux pêcheurs qui avaient constaté la présence du grand reptile commencèrent à se débattre comme des forcenés. L'autre mordait la poussière sans savoir ce qui terrorisait ainsi ses camarades. Les liens pénétraient profondément dans la chair des hommes du Nil. Le sable de l'arène adhérait au sang qui souillait leur peau. La panique des désespérés accentuait l'euphorie des adeptes qui devaient se retenir pour ne pas manifester leur joie. Les trois captifs formaient une seule masse agitée, bondissante et sanguinolente. On eût dit un cœur encore palpitant extirpé du poitrail d'une bête immense. Les hurlements des sacrifiés vrillaient les tympans.

Le corps énorme, écailleux et jaune d'Apophis progressait sans bruit dans l'enceinte. En arrivant près des condamnés, il souleva la tête. Ses yeux d'ambre accrochèrent la lumière des torches. Il ouvrit ses mâchoires monstrueuses et plongea sans attendre sur l'offrande que lui livraient ses adeptes. Les yeux de Hapsout ne cillèrent même pas. Ils brillaient de mille feux. Un sourire de délectation étirait ses lèvres. À présent, il regrettait d'avoir choisi un siège situé aussi loin de cette magistrale scène.

# 11

# AU SUD DE L'EMPIRE

Au bout de dix jours et après quelques brèves escales, les barques emportant Leonis et sa garde avaient atteint un segment sinueux qui modifiait brusquement le long ruban arqué du grand fleuve. Les bateaux voguaient maintenant vers l'est. Pour passer la nuit, les chefs d'équipages avaient prévu accoster à Dendérah. Cette cité n'était plus tellement loin. Ils fouleraient ses débarcadères bien avant le coucher du soleil. Assis sur le pont, entre les haies haletantes et rythmées des rameurs, Leonis, Montu et Menna se morfondaient. Désœuvrés depuis leur départ de Memphis, les jeunes aventuriers avaient hâte de passer à l'action. D'ici deux jours, ils auraient dépassé Thèbes et sillonneraient enfin la section du Nil que Dedephor avait mentionnée sur le papyrus. Les recherches pour trouver la sépulture du grand voyant pourraient alors débuter.

Les paupières closes, l'enfant-lion savourait la brise qui soufflait sur le grand fleuve. Il était sur le point de s'assoupir lorsque Montu s'écria :

— Ce n'est vraiment pas l'endroit rêvé pour une baignade !

Leonis ouvrit les yeux. D'un doigt, Montu indiquait un groupe d'îlots situés entre la barque et la rive gauche. Ces monceaux de sable émergents étaient peuplés de crocodiles. Les reptiles ne remuaient pas. Leurs corps allongés et sombres semblaient pétrifiés. Une multitude d'oiseaux aquatiques virevoltaient autour d'eux.

— Dendérah est la capitale du nome du crocodile, expliqua Menna. Il y a plusieurs temples dédiés à Sobek dans les environs. Ici plus que partout ailleurs, ces bêtes sont sacrées. Le chasseur qui oserait tuer un crocodile serait plus fou encore que s'il s'aventurait à nager parmi eux. Dans ce coin, il est même interdit de marcher sur le rivage…

— Évidemment ! intervint Montu. Avec tous ces monstres qui n'attendent qu'un peu de viande fraîche, les rives sont certainement trop dangereuses pour s'y promener ! Moi, je ne m'y risquerais pas !

— Cela n'a rien à voir avec le danger, précisa Menna en souriant. Cette règle sert surtout à protéger les œufs des crocodiles qui font leurs nids sur le rivage.

— L'Égypte est bien assez grande pour que chaque créature qui l'habite y vive en paix, déclara l'enfant-lion. Même si je n'aime pas particulièrement les crocodiles, je suis heureux de constater qu'ils peuvent dormir tranquilles sur ce territoire.

— Tu peux compter sur moi, mon vieux, répliqua Montu. Je n'ai vraiment pas l'intention de les réveiller. Plus ces bêtes dorment et plus je les trouve mignonnes.

Leonis observa son ami en affichant un sourire énigmatique. Sur un ton moqueur, il demanda :

— En prononçant le mot « mignonne », tu m'as fait songer à quelque chose, mon ami. Le matin de notre départ, j'ai cru remarquer que tu regardais la jolie Mérit avec autant de douceur que lorsque tu contemples les délicieuses pâtisseries qu'elle confectionne.

— Tu... tu t'imagines des choses, Leonis, répondit Montu en rougissant. Mérit est mon amie. Je... je m'amuse bien avec elle. J'étais un peu triste de la quitter, mais... je n'irais pas jusqu'à dire que... enfin...

— D'accord, Montu, jeta Leonis en effectuant le geste de chasser une mouche. Je me trompe peut-être... N'empêche... Si tu veux mon avis, tu as une place bien particulière dans le cœur de Mérit.

Montu fronça les sourcils et plissa le nez. Il réfléchit un instant avant de secouer la tête de gauche à droite pour répondre :

— Non, mon ami. Tu dis n'importe quoi. Mérit me donne constamment des directives. Elle se moque souvent de moi. Elle m'aime, mais elle m'aime comme une sœur. Et puis, elle est plus vieille que moi. De toute manière, tu sais bien que tes servantes n'épouseront personne.

— Pourquoi ne se marieraient-elles pas ?

— Parce qu'elles ont prêté serment devant Mykérinos de te servir même après la mort. Elles ne peuvent se dévouer qu'à toi. N'étais-tu pas au courant ?

— Si, Montu. Tu ne m'apprends rien. Toutefois, tu sais que les jumelles sont libres de faire ce qui leur plaît. Raya et Mérit n'avaient que douze ans à l'époque où elles ont été choisies pour devenir les servantes du sauveur de l'Empire. À mon avis, le choix qu'elles ont fait ne pouvait être réfléchi. Leurs parents ont décidé pour elles. Mérit et Raya sont très fières de servir dans ma maison. Je ne pourrais les congédier sans leur faire beaucoup de chagrin. Elles finiront sans doute par comprendre qu'elles ne m'appartiennent pas. Je ne les chasserai jamais, mais si elles veulent partir, elles pourront le faire sans crainte. Un jour, peut-être, les jumelles, leurs époux et leurs enfants habiteront sous mon toit. Je ne demeurerai pas toute ma vie dans l'enceinte du palais royal. Quand notre quête s'achèvera, l'Empire ne sera plus en danger. J'aurai moins d'importance aux yeux de Pharaon et je n'aurai plus besoin de la protection de sa garde.

Pour ne pas être entendu des rameurs, Menna chuchota :

— En épousant Esa, tu disposeras tout de même d'une solide garde, Leonis. Tu résideras dans le palais que Mykérinos fait bâtir pour la princesse. Lorsque tu partageras le quotidien de la fille de Pharaon, tu devras accepter la présence d'une multitude de domestiques et de soldats. Je sais que tu aimerais devenir scribe comme ton père. Seulement, aussi noble que soit cette profession, tu devras y renoncer si tu tiens à ce que le roi t'accorde la main d'Esa. Selon moi, Mykérinos ne s'opposera pas à votre union. Pourtant, tu dois comprendre qu'aux yeux du peuple, un simple fonctionnaire ne serait pas digne d'épouser la princesse. Pharaon fera sans doute de toi un nomarque, un officier de premier ordre ou un haut dignitaire. Le peuple ne sait rien de l'existence du sauveur de l'Empire. Les sujets du royaume ne connaissent pas ton importance. Pour qu'Esa devienne ta femme, tu devras consentir à devenir toi-même un éminent personnage.

— Tu as raison, Menna, approuva l'enfant-lion. Sache que, pour épouser la princesse, je serais prêt à tout. Je renoncerais sans hésiter à la quiétude ainsi qu'à mon rêve de suivre les traces de mon père Khay. Mais, pour le moment, j'ignore si Esa sera ma femme. J'y crois de plus en plus, mais je dois demeurer réaliste. Il y a un peu plus d'une saison de cela, j'étais encore un esclave. Montu et moi, nous dormions dans une hutte avec deux de nos camarades. L'inondation annuelle venait à peine de se terminer quand je me suis évadé. Dans la poussière et la misère quotidienne du chantier, si quelqu'un m'avait dit que j'existerais un jour dans le cœur de la fille de Pharaon, j'aurais éclaté de rire en entendant une telle absurdité. Ma vie a beaucoup changé depuis ce temps. Certains matins, malgré le confort de mon lit, je me réveille avec la certitude que je besogne toujours sur le chantier. J'ai vécu cinq années d'esclavage. Ce genre d'expérience ne s'oublie pas facilement. N'est-ce pas, mon vieux Montu?

— C'est vrai, Leonis. Si nous avions quitté nos vies d'esclaves pour devenir des ouvriers libres, le changement aurait été moins impressionnant. Quelquefois, quand je m'arrête pour songer à ce qui nous arrive, j'ai le vertige.

— Je peux vous comprendre, dit Menna. En ce qui me concerne, mon rêve le plus cher était de faire partie des soldats de la garde royale. La nuit où Leonis est revenu de sa quête du talisman des pharaons, il s'est présenté au portail ouest de Memphis. S'il ne l'avait pas fait, je serais toujours affecté à la surveillance nocturne de cette entrée de la cité. Je tenais à mon rêve. Pourtant, je ne voyais pas le jour où je pourrais le réaliser. Maintenant, je suis le protecteur du sauveur de l'Empire! Mon rôle est encore plus important que celui de tous les soldats de Pharaon! Je n'aurais jamais cru que j'atteindrais aussi rapidement mon but!

— Je ne pouvais choisir mieux, Menna, déclara l'enfant-lion. Lorsque j'ai mentionné ton nom au commandant Neferothep, je ne t'avais jamais vu à l'œuvre. Je persiste à croire que, cette nuit-là, les dieux m'ont mené au portail ouest. Il n'existe pas de combattant plus habile que toi dans tout le royaume. Sur le chantier du palais d'Esa, Montu et moi sommes devenus copains dès notre première rencontre. Le jugement de ce garçon m'a toujours impressionné. Ses plaisanteries ont toujours égayé mes journées… Je n'aurais vraiment pas pu me passer de votre aide, mes amis. Le destin a fait en sorte de nous réunir et nous formons une équipe extraordinaire!

Montu prit ses grands airs et bomba le torse pour lancer :

— Malheureusement, le grand voyant Dedephor ne sera pas là pour nous voir triompher de son ultime jeu.

— J'espère que tu ne te trompes pas en parlant de triomphe, mon vieux, rétorqua Leonis. Dedephor était un déséquilibré. Selon Ankhhaef, ce triste personnage affirmait que les épreuves qu'il avait conçues pouvaient être surmontées. Il prétendait que, lui-même, à l'époque où il pouvait encore se battre dans l'arène, serait sorti vainqueur de l'ultime jeu. Ce qui m'agace, c'est que Dedephor avait une trop haute estime de lui-même. Il a déjà affronté un lion en ayant la certitude de remporter la victoire. Cette fois-là, il a fait erreur. S'il a créé les épreuves de son jeu en surévaluant la force qu'il possédait dans sa jeunesse, il est fort probable que nous devrons nous mesurer à une création qui dépassera les capacités de n'importe quel être humain.

— Nous serons trois, Leonis, fit remarquer Menna. Nos forces conjuguées surpasseront de loin l'ardeur que possédait le grand voyant d'Héliopolis. Nous serons également trois pour déchiffrer ses énigmes. Il destinait son ultime jeu à un seul adversaire, mais cette quête n'est pas un jeu pour nous. Je n'ai pas l'intention de suivre les règles de ce fou.

— Moi non plus, Menna, conclut l'enfant-lion en contemplant rêveusement les flots miroitants du fleuve. Les actes de Dedephor ont mis l'Empire en péril. Il se moquait de savoir que des milliers de milliers de gens risquaient de mourir à cause de sa vanité. Un tel homme ne méritait pas que ses règles soient respectées. Même si l'ultime jeu est devenu son tombeau, je n'aurai aucun scrupule à le profaner.

# 12
# RENCONTRE MALÉFIQUE

Le vieux Merab s'empara d'une fiole et versa le liquide verdâtre qu'elle contenait sur une figurine en bois de caroubier. Cette effigie représentait un fabricant de sandales nommé Horourrê. Deux jours plus tôt, un rival de ce commerçant était venu visiter le sorcier. Ceux qui désiraient rencontrer Merab étaient tous, sans exception, des individus malintentionnés. Le personnage qui s'était présenté à lui ce jour-là n'était pas différent des autres. Il avait prié le vieil homme de jeter un sort à Horourrê. En fait, il ne souhaitait ni plus ni moins que la mort de ce dernier. Il avait expliqué au vieil ensorceleur que Horourrê était son principal concurrent. Il prétendait que ce commerçant lui faisait une compétition déloyale et qu'il devait disparaître. Le sorcier ne se souciait guère de connaître les motifs de son visiteur. Si un type pouvait payer pour obtenir ce qu'il désirait, il n'y avait, d'ordinaire, aucun problème. Cette fois, l'ennemi de Horourrê n'était pas très riche. Pas suffisamment, du moins, pour que le sorcier acceptât de provoquer la mort du fabricant de sandales. Merab et son vil client s'étaient tout de même entendus sur un sort moins coûteux; un maléfice temporaire qui causerait tout de même un tort considérable à celui à qui il serait destiné. Seul dans son repaire creusé dans la falaise, le vieillard s'apprêtait donc à ruiner la vie du malheureux Horourrê.

Merab laissa tomber la fiole. En touchant le sol, le contenant de terre cuite se brisa. Le sorcier tendit ensuite les bras au-dessus du sarcophage de granit qui lui servait de table. Sur la dalle qui fermait ce cercueil de pierre vide était posé un grand bol de bronze. Une flamme bleue dansait dans le récipient. Le sorcier poussa un cri strident et fit flotter ses doigts squelettiques au-dessus de la vasque enflammée. D'une voix gutturale, il prononça une suite d'incantations traînantes dont personne n'eût pu saisir le sens. Le vieillard secoua vivement la tête. Ses cheveux blancs comme le lin s'étalèrent dans l'air enfumé de térébinthe. Il ferma les yeux et se mit à trembler avec violence. L'envoûteur était en transe. Il pouvait maintenant voir Horourrê.

L'artisan se trouvait dans son atelier. Il martelait un pan de cuir pour le rendre souple. Autour de Horourrê, des peaux macéraient dans des récipients remplis d'huile. Sur les murs de briques crues étaient suspendus des carquois, des étuis de scribes et des boucliers. De nombreuses paires de sandales reposaient sur un présentoir de bois. Dans un coin, deux ouvriers se tenaient de part et d'autre d'un établi. Ils s'occupaient à étirer un long morceau de cuir sombre, épais et graisseux. Au milieu du tombeau pillé qui lui servait de tanière, Merab, les paupières toujours closes, s'empara de la figurine pour la jeter dans les flammes.

Dans son atelier, le fabricant de sandales se raidit. Une série de phrases inconcevables venait de lui traverser l'esprit. Cette entêtante litanie se répéta à vingt reprises sans qu'il ne parvienne à la chasser de ses pensées. Sa bouche avait envie de la prononcer. La peur dans les yeux, il tentait de retenir les mots qui se bousculaient derrière ses lèvres. Ce fut peine perdue. À la surprise de ses ouvriers, Horourrê hurla :

— Je suis le pire fabricant de sandales du royaume ! Mes peaux sont mal tannées ! Mes sandales se gorgent d'eau ! En séchant, elles deviennent raides comme de l'écorce et se fendillent! Malgré tout, des gens stupides achètent mes sandales!

Les ouvriers échangèrent un regard interloqué. L'un d'eux délaissa son travail et s'approcha de Horourrê pour lui dire:

— Allons, maître. Nos cuirs ont la souplesse de la feuille de dattier. Nos sandales caressent les pieds du noble. Elles ne craignent ni la pluie ni les dunes. Pourquoi prononcez-vous des mots semblables?

— Mes immondes sandales couvriront vos pieds de cloques purulentes! continua le pauvre Horourrê, la terreur déformant ses traits. Si vous voulez punir un ouvrier paresseux, chaussez-le de mes affreuses sandales! Mes peaux sont imprégnées de bave de hyène et de fiente de chauve-souris!

Des larmes glissaient sur les joues de l'artisan. Maintenant, il ressentait l'envie irrésistible de sortir pour aller dénigrer son produit avec véhémence devant les passants. Il se précipita vers la porte, sortit sur la place du marché et, sans rien comprendre à cette subite folie, ses deux ouvriers l'entendirent aboyer que le fruit de leur travail n'avait pas plus de valeur qu'une bordée de crottin de chèvre.

Le sorcier Merab ouvrit les yeux sur le sordide décor qui l'entourait. Ses lèvres dessinaient un léger sourire. L'envoûtement de l'artisan ne serait pas permanent. Pendant six mois, il clamerait, de l'aube au crépuscule, des phrases qui porteraient atteinte à la réputation de son atelier. Une telle attitude causerait sa ruine. Ses employés l'abandonneraient et son rival serait heureux. Le sourire du sorcier se mua vite en grimace d'appréhension lorsqu'une voix caverneuse se fit entendre derrière son dos :

— Après tout ce temps, tu t'amuses toujours à tourmenter ces négligeables mortels, Merab ?

Le sorcier se retourna lentement pour apercevoir l'éblouissant personnage qui venait de se matérialiser dans la chambre sépulcrale. Il y avait au moins trente ans que le vieux Merab n'avait pas rencontré le dieu Seth. En dépit de ce fait, il reconnut aussitôt le tueur de la lumière. Les jambes du vieillard fléchirent et, tressaillant, il se jeta à plat ventre pour se prosterner devant la divinité. Seth se dressait de toute sa haute taille. Son corps athlétique témoignait de sa redoutable puissance. Sa peau se teintait du rouge clair de la cornaline. Ses yeux gris et chatoyants captivaient l'esprit. Le mortel qui eût commis l'erreur d'affronter ce regard eût aussitôt sombré dans la démence. En gémissant, Merab implora Seth :

— Je vous demande grâce, ô tueur d'Osiris ! Le temps de mon trépas n'est pas encore venu ! Vous m'avez guidé vers l'immortalité pour que je vous serve éternellement ! J'ai fait le mal pour vous satisfaire ! Je ne veux pas mourir !

— Relève-toi, vieux fou, cracha Seth. Je ne suis pas ici pour prendre ta vie. Il est vrai que tu as toujours fait le mal. Tu prétends que tu as agi ainsi pour me servir, mais ton véritable dieu est l'or, Merab. Tu n'es qu'un vieil avare. Si tu n'étais pas le plus puissant sorcier des Deux-Terres, je ferais de ta carcasse cette momie poussiéreuse qu'elle devrait être depuis près de cinq siècles. Je suis venu parce que j'ai besoin de toi.

— Vous… vous avez besoin de moi ? bredouilla Merab en se relevant péniblement. Que peut faire mon humble personne pour complaire à votre divinité ?

— Un adorateur d'Apophis nommé Hapsout est venu te voir il y a peu de temps. Tu lui as indiqué où il pourrait trouver la petite sœur du sauveur de l'Empire. Ce jeune homme t'a proposé de rejoindre les hordes de l'ancien pharaon Baka. Tu as refusé.

— J'ai dit à ce jeune homme que, si Baka le voulait, il pourrait avoir recours à ma sorcellerie. Cependant, je ne m'attaquerai pas à l'enfant-lion. Je… je ne peux quand même pas m'allier à ces fanatiques, vénéré Seth. Baka leur fait croire qu'ils navigueront tous dans votre barque lorsque viendra la fin des fins. En votre nom, il leur promet un monde d'abondance qui ne peut exister puisque vous êtes le dieu des lieux stériles, des ténèbres et du chaos... Je sais que Baka est un manipulateur qui a rassemblé les ennemis de la lumière dans le seul but de se venger de l'Empire. Vous l'avez guidé vers l'œuf d'Apophis, vous lui avez demandé d'y bâtir un temple et d'y réunir les adeptes du grand serpent. Vous ne lui avez cependant pas ordonné de lutter pour que survienne le grand cataclysme. Cette catastrophe ne peut avoir lieu... Cela compromettrait l'équilibre entre la lumière et l'obscurité. Ce... ce n'est pas ce que vous désirez. N'est-ce pas, puissant Seth ?

— Qui es-tu pour affirmer connaître mes volontés, Merab ? Sache que je me moque bien de l'équilibre de l'univers. Il est vrai que Baka ment à ses sujets lorsqu'il clame que je les accueillerai dans mon royaume. Toutefois, lorsqu'il déclare que je veux régner sur les dieux, il dit la vérité. Je n'ai jamais ordonné au maître des adorateurs d'Apophis de faire en sorte que le règne du dieu-soleil se termine. Baka n'a jamais vu ma belle figure ni mon corps splendide. Il n'a jamais pu admirer ma magnificence. C'est de la bouche d'un messager qu'il a connu l'existence de l'œuf d'Apophis. Il a vu le grand serpent et il a compris que son destin était de se dévouer au Mal. Baka a imaginé tout ce qu'il raconte à mon sujet. Néanmoins, il parle comme si ses paroles venaient de ma propre bouche.

Merab avait pâli. Il se racla la gorge et bégaya :

— Vous… vous souhaitez donc la… la fin de… de ce monde, Seth ?

— Évidemment ! s'exclama le dieu avec un rire tonitruant. Si je n'avais guère voulu d'un monde sans vie, je n'aurais pas, par le passé, tenté d'éliminer mon frère Osiris ! Il est le dieu de la fertilité. Sans lui, toute vie disparaîtrait. En l'assassinant et en mettant son corps en lambeaux, j'ai tout mis en œuvre pour qu'il ne puisse renaître. Son épouse Isis l'a ressuscité et j'ai dû renoncer à régner sur le monde qui, sans Osiris, serait devenu un éternel désert. Après avoir échoué contre mon frère, l'idée m'est venue d'anéantir Rê.

— Pourtant, vous faites partie de l'ennéade divine, Seth ! Chaque nuit, pendant son voyage dans le Monde inférieur, vous protégez le dieu-soleil.

— Il le faut, Merab. Puisque, jadis, j'ai assassiné mon frère, les autres dieux me détestent. Isis a redonné la vie à son époux, mais mes actes ont provoqué la méfiance des immortels. C'est pour cette raison que, contre ma volonté, je protège Rê. Pendant le voyage nocturne de la barque solaire, Apophis tente de supprimer Rê. J'affronte le grand serpent en me dressant avec vaillance devant la barque du dieu-soleil. Devant ma puissance, Apophis n'est qu'un médiocre adversaire. Il est ma créature et il ne peut rien contre moi. C'est parce que je protège mon ennemi que je siège toujours parmi les neuf dieux. Malheureusement, je suis prisonnier de cette corvée de protecteur. Toutes les divinités savent que je ne pourrais être vaincu par Apophis. Je ne pourrais guère simuler la défaite sans éveiller les soupçons. Pour mettre enfin un terme à cette lutte perpétuelle, il faudrait que le grand serpent devienne plus puissant. De cette manière, j'aurais l'occasion de fléchir devant lui et je pourrais plus facilement justifier ma capitulation. S'il me faisait simplement tomber de la barque solaire, Apophis aurait le temps d'étouffer Rê dans ses redoutables anneaux. Par la suite, le soleil n'apparaîtrait plus dans le ciel d'Égypte. Les ténèbres s'imposeraient sur toute chose et, dans un tel monde, je deviendrais le dieu suprême. Aucune divinité ne pourrait s'y opposer. Mon règne serait éternel.

De sa main rugueuse et osseuse comme une patte d'oiseau, Merab lissa nerveusement sa chevelure blanche. Dans un murmure, il questionna :

— Que puis-je faire pour vous aider, puissant Seth ?

— Tu dois simplement associer tes facultés aux forces des ennemis de la lumière, Merab. Il y a quelques années, en guidant Baka vers l'œuf d'Apophis, je savais que cet homme désirerait vouer un culte au grand serpent. En construisant le temple et en réunissant les adeptes, il ferait en sorte d'apporter à l'ennemi de Rê la vigueur qui lui manquait. À force de dédier de généreuses offrandes et d'incessantes litanies à Apophis, cette créature aurait certainement fini par déjouer mes forces. Éventuellement, le dieu-soleil aurait connu sa fin et aucune divinité n'aurait pu m'accuser. Maintenant, la situation a changé. Je n'ai plus besoin d'attendre que le grand serpent gagne en puissance. Le grand cataclysme qui menace l'Empire fera de moi la divinité suprême. Pour qu'il survienne, il suffirait que Leonis échoue dans sa mission. Tu dois te rendre au Temple des Ténèbres, Merab. Sans toi, Baka et ses troupes auront du mal à arrêter le sauveur de l'Empire.

— Je ne suis qu'un faible vieillard, vénéré Seth. Pour quelle raison n'intervenez-vous pas directement auprès de Baka? Vous n'auriez pas la moindre difficulté à anéantir l'enfant-lion. Il est sous la protection de Bastet, mais vos immenses pouvoirs dépassent de loin ceux de la déesse-chat. Par contre, cette dernière pourrait aisément me détruire…

Sans toucher Merab, Seth tendit un bras et ferma le poing. Une douleur atroce déchira la poitrine du sorcier. Il éprouva la sensation qu'une tenaille enserrait son cœur. Merab tomba à genoux en grimaçant. Un sourire sur les lèvres, Seth relâcha son étreinte surnaturelle. Il se pencha ensuite sur le sorcier et proféra:

— Tu n'es pas un faible vieillard, Merab! Cesse de pleurnicher et de me prendre pour un idiot! De plus, tu sais très bien que je n'ai pas le droit d'intervenir directement dans cette histoire. Je ne peux influencer la vie des mortels. Je soupçonne Bastet d'intervenir dans la quête de Leonis. Seulement, je n'en ai pas la certitude. Les dieux ne disposent d'aucun moyen de lire dans les pensées des autres dieux. Ainsi, en ce moment, tout ce que je te dis demeure entre nous. Leonis, tout comme toi, n'est pas un mortel ordinaire. Comme tu viens de l'affirmer, il est sous la protection de la déesse-chat. Elle lui a conféré la faculté de se transformer en lion. J'ai protesté devant Rê et Osiris, mais, d'après leur jugement, Bastet a agi selon les règles divines. Leonis se trouvait dans un endroit appartenant aux dieux lorsque son pouvoir lui a été accordé. Toi, tu possèdes le secret de l'immortalité et tu es sous mon parrainage. Je peux intervenir dans ta vie, car tu n'as plus de vie, Merab. Puisque tu me les as cédés, ton corps et ton âme m'appartiennent complètement. Tu n'apparais plus sur aucun registre humain ou divin. À ta mort, il ne restera rien de toi. Tu n'es que néant, vieil homme. Les dieux connaissent ton existence. Malgré cela, ils savent qu'ils ne doivent pas te supprimer. S'ils osaient, ils me permettraient de sévir contre le sauveur de l'Empire.

— Si je tuais Leonis, je mourrais aussitôt, gémit le vieux sorcier. Je serais foudroyé par la colère de Bastet. Ils sauront que c'est vous qui m'envoyez et…

— Tu ne dois surtout pas tuer l'enfant-lion, Merab. Si tel était mon désir, je t'aurais ordonné de le faire immédiatement. Baka ne devra pas savoir que je t'envoie à lui. Tu lui diras que tu es le sorcier Merab. Il te connaît déjà. Tu ne devras rien lui suggérer à propos du sauveur de l'Empire. Tu te contenteras simplement de répondre aux questions des adorateurs d'Apophis. Ainsi, tu ne prendras guère d'initiatives et tes interventions seront influencées par des mortels. Tout comme cette rusée de Bastet le fait avec son jeune protégé, je contournerai les règles sans que personne ne puisse m'accuser de tricherie. Ta mission consistera surtout à guider Baka vers l'enfant-lion. Les adorateurs d'Apophis s'occuperont de lui. Ne crains plus le grand cataclysme, Merab. Si tu réussis, tu seras à mes côtés lorsque je monterai sur le trône du royaume divin. Tu verras, vieil homme : tout l'or de l'Empire ne vaut pas l'extase suprême d'évoluer dans l'entourage du dieu des dieux.

# 13

# NAGER COMME LA GRENOUILLE

Les quatre gros rochers mentionnés par Dedephor sur le papyrus n'avaient pas été difficiles à repérer. Leurs masses pâles au contour accidenté s'érigeaient en plein centre du Nil et scindaient, en deux segments presque égaux, la distance séparant Hierakônpolis d'Edfou. Les embarcations avaient été amarrées et les membres de l'expédition avaient aussitôt établi leur campement sur la rive occidentale. Puisque le jour s'achevait, on avait décidé de reporter au lendemain les recherches visant à retrouver la statue d'Horus.

L'aube venue, une vingtaine d'hommes avaient quitté le camp dans le but de localiser l'effigie du dieu-faucon. Leonis, Montu et Menna ne participaient pas aux recherches. Ce matin-là, ils avaient préparé leur équipement et, d'un commun accord, ils avaient décidé de se reposer un peu. Leur prochaine aventure n'aurait assurément rien d'aisé. Par ce bel après-midi, les trois compagnons étaient assis sous le branchage frémissant d'un sycomore. Sans dire un mot, ils observaient le grand fleuve. L'enfant-lion était pensif. Deux jours auparavant, il avait revu la cité de Thèbes. Les barques n'avaient pas accosté, mais en apercevant la ville de son enfance, Leonis avait senti son cœur se serrer. Presque six années le séparaient de ce triste jour où il avait été vendu comme esclave. Thèbes évoquait des moments heureux dans la demeure du maître Neferabou. Elle lui rappelait aussi que, non loin de là, le grand fleuve avait entraîné dans la mort son père Khay et sa mère Henet. La majestueuse cité avait également été le dernier endroit où il avait pu enlacer sa petite sœur Tati. La résurgence de ces souvenirs avait éveillé en lui un doux chagrin. Durant un moment, le vigoureux et brave Leonis avait ressenti le besoin de redevenir un tout petit enfant. Comme à cette époque où, blotti dans les bras chaleureux de Henet, il se laissait bercer par les histoires que lui racontait son père. Après cette nouvelle mission, le sauveur de l'Empire avait l'intention d'aller visiter la sépulture de ses parents.

Leonis et ses amis aperçurent Ankhhaef qui, d'un pas pressé, marchait dans leur direction. À voir le sourire qu'affichait le grand prêtre, les jeunes gens devinèrent tout de suite qu'il était porteur d'une excellente nouvelle. Ils se levèrent donc pour l'accueillir avec des yeux empreints de curiosité. Sans se départir de son sourire, Ankhhaef reprit son souffle, se frotta les mains l'une contre l'autre et annonça :

— Messieurs, les soldats ont découvert la statue du dieu Horus. Le cartouche de Dedephor est gravé sur son socle. Elle est sur cette rive, non loin d'ici, sur un amas de granit rose trempant dans le Nil. Vous aurez besoin d'une barque pour l'atteindre, car elle est entourée de rochers qui, du côté de la terre ferme, bloquent l'accès au rivage.

— Ces braves hommes n'ont pas perdu de temps ! apprécia Menna.

— Allons-y ! lança Leonis. J'ai hâte d'examiner cette statue. D'après le message, le tombeau de Dedephor est censé se trouver sous les pieds du dieu-faucon.

Fébrilement, le petit groupe se dirigea vers le campement. Les aventuriers félicitèrent les deux gaillards qui avaient fait l'importante découverte. Ensuite, sans attendre, ils disposèrent les sacs contenant leur matériel dans une petite barque. Avec enthousiasme, Menna et Leonis saisirent les rames pour gagner l'emplacement désigné par les soldats. L'endroit était visible du campement. Il fallait cependant s'en approcher pour distinguer l'effigie d'Horus, car la pâleur de la statue se confondait avec la teinte des rochers environnants. Le dieu tournait le dos au Nil. Le disque solaire parait sa tête de faucon. La petite embarcation fut tirée sur les rochers. Sans prendre leurs sacs, Leonis, Montu et Menna s'approchèrent de la sculpture. Celle-ci avait la hauteur d'un homme. Durant l'inondation annuelle, seule sa tête devait émerger des flots. Malgré tout, même après plus d'un siècle, le cours du Nil avait à peine altéré les fins détails qui l'ornementaient. L'enfant-lion s'accroupit pour examiner le socle. Il remarqua le nom de Dedephor et quelques lignes hiéroglyphiques dénombrant les divines vertus du dieu-faucon. Une autre rangée de symboles presque effacés capta son attention. Il la déchiffra avec peine et la communiqua à ses compagnons:

— Celui… qui veut… m'affronter doit nager comme… comme la grenouille.

— Qu'est-ce que cela signifie? interrogea Menna.

— L'entrée de l'ultime jeu se trouve probablement sous l'eau, avança Leonis.

— Ton idée n'est pas bête, mon vieux, déclara Montu. Mais il doit certainement exister un autre accès. Ceux qui ont aménagé ce jeu ne pouvaient quand même pas plonger dans le fleuve chaque fois qu'ils comptaient y pénétrer.

— En effet, Montu, répondit Leonis. Il devait sans doute y avoir un autre passage à l'époque. Il a bien fallu que les ouvriers s'y introduisent et qu'on transporte à l'intérieur les matériaux nécessaires à sa construction... Pour le moment, le seul indice que nous ayons se trouve sous nos yeux...

Le sauveur de l'Empire s'interrompit. Il fit quelques pas et se mit à plat ventre sur la berge pour sonder l'onde cristalline du Nil. L'eau semblait très profonde à cet endroit. Les plantes aquatiques, pointant vers la surface leurs lances ondulantes, ne lui permettaient pas de discerner un quelconque passage dans la partie immergée du rocher. Leonis se releva, retira son pagne et lança :

— C'est l'heure du bain, mes amis. Je vais aller examiner la base de cette grosse pierre.

Leonis jeta son vêtement au pied de la statue et plongea dans le fleuve. Ses compagnons le virent émerger peu de temps après. En chassant d'une main preste les mèches de cheveux qui lui masquaient les yeux, l'enfant-lion poussa un long cri de joie. Il fit quelques brasses pour s'accrocher au bord. D'une voix haletante, il annonça :

— Il y a un trou à trois longueurs d'homme sous vos pieds, les gars. On dirait un tunnel. Je vais y retourner pour voir jusqu'où mène ce passage. Ensuite, s'il s'agit bien de l'entrée du tombeau de Dedephor, je remonterai vous chercher. Nous prendrons nos sacs et nous descendrons tous les trois.

— Sois prudent, Leonis, dit Montu.

— Ne t'inquiète pas, mon vieux. Je reviendrai vite !

Le sauveur de l'Empire prit une grande inspiration et s'enfonça dans l'eau. Il nagea rapidement vers le fond. Une fois parvenu à la hauteur du trou, il dut d'abord écarter la barrière de plantes qui l'obstruait légèrement. Il se glissa dans l'orifice. La lumière du jour pénétrait à peine dans le couloir sous-marin. En effleurant la paroi de ses doigts pour se guider, l'enfant-lion s'enfonça dans l'obscurité. Après avoir fait quelques brasses, sa tête heurta un objet dur. Il tendit la main et constata qu'il s'agissait d'une sorte de bâton court et rugueux. Cette chose bloquait l'étroit tunnel et l'empêchait d'aller plus loin. Il tira fermement sur le bâton qui céda. Le sauveur de l'Empire venait de commettre une grave erreur. L'orifice par lequel il était entré se referma dans un grondement sourd. L'adolescent jeta un regard par-dessus son épaule. La faible lueur du jour avait disparu. Il était sous l'eau, dans l'obscurité totale et il ne savait pas si ce couloir débouchait à l'air libre! Il crispa chacun de ses muscles pour chasser le début de panique qui lui pressait le ventre. L'unique solution qu'il pouvait désormais envisager était de foncer, droit devant lui et avec toute son énergie, en espérant que ce tunnel le mènerait ailleurs que devant la porte du royaume des Morts.

L'enfant-lion franchit une bonne distance dans l'encre du passage. Espérant déceler une lueur provenant d'une issue, il gardait les yeux ouverts. Durant sa progression aveugle, ses doigts touchèrent à plusieurs reprises la paroi supérieure du tunnel. Pour soulager ses poumons, le sauveur de l'Empire commença à relâcher un peu d'air. Chaque bulle qui franchissait ses lèvres emportait avec elle un peu de sa confiance. La poitrine comprimée jusqu'au supplice, Leonis eut envie d'abandonner la partie. Il avança encore de quelques coudées et ses mains tendues n'eurent plus contact avec la pierre. En tâtonnant frénétiquement autour de lui, le garçon se rendit compte qu'il n'était plus dans le tunnel. Ses pieds touchant le fond, il utilisa ses dernières forces pour se propulser vers le haut. En montant, il exhala son dernier souffle. Au moment où, sans pouvoir résister davantage, il s'apprêtait à remplir ses poumons d'eau, sa tête émergea. Dans un puissant râle, Leonis respira enfin. Ses bras battant l'eau avec violence, il lutta pour se maintenir à la surface. Il eut du mal à chasser la peur qu'il éprouvait. Il dut faire un immense effort de concentration pour s'exhorter au calme. Lorsqu'il y parvint, il s'accorda une brève pause avant de commencer à nager lentement dans les ténèbres.

Leonis rencontra une surface de pierre lisse. Il la longea durant une brève période et atteignit un endroit où il put sortir de l'eau. Frissonnant et épuisé, il se traîna sur le sol rocheux pour demeurer un long moment couché face contre terre. Il songea à Montu et à Menna qui étaient restés là-haut. En constatant qu'il ne remontait pas, ses compagnons avaient dû plonger à leur tour. La vue du passage obstrué leur avait sans doute fait craindre le pire. En vérité, toute crainte de leur part eût été justifiée. Le pire était effectivement passé à un cheveu de survenir. Leonis se demandait s'il avait atteint le tombeau de Dedephor. Si c'était le cas, tout indiquait qu'il devrait se résoudre à affronter l'ultime jeu sans l'aide de ses amis. Il s'en voulait de ne pas avoir eu le bon sens d'emporter son équipement. Ainsi démuni, comment allait-il faire pour se diriger dans cette noirceur? À l'intérieur de son sac, dans un étui étanche fabriqué en cuir d'hippopotame, il y avait une lampe, de l'huile, des mèches et une douzaine de bois de feu. En y songeant bien, l'adolescent se rendit à l'évidence que le poids de son bagage eût sans doute réduit à néant les ultimes secondes qui lui avaient permis de sortir vivant du tunnel.

Le sauveur de l'Empire se leva. Les bras tendus, il entama l'exploration de la grotte. Avant chaque pas, afin d'éviter de trébucher, il inspectait le sol devant lui en l'effleurant des orteils. Il envisagea la possibilité de se transformer en lion. La nyctalopie de l'animal lui eût permis de se diriger facilement dans l'obscurité. Il estima cependant qu'il devait essayer de se tirer d'affaire sans avoir recours à son divin pouvoir. De toute manière, puisqu'il n'était pas en réel danger, la déesse Bastet eût probablement ignoré son appel. Leonis rencontra un mur. Comme il l'avait fait dans l'eau, il longea la cloison. Bientôt, son épaule gauche heurta une solide chaîne. Elle était fermement tendue à la verticale. Son premier maillon était retenu par un anneau solidement fixé dans le sol. À côté de cet ancrage reposaient un lourd maillet et un solide ciseau. Poursuivant son inspection, Leonis progressa de quelques coudées et découvrit une table. Sur le meuble, il y avait une lampe remplie d'huile et tous les accessoires nécessaires à son usage. L'enfant-lion identifia un lot de bois de feu. Il en prit un. Les années ne semblaient pas l'avoir altéré. Le bois était sec et le bâtonnet était parfaitement droit. L'autre partie de ce pratique instrument consistait en une planche étroite et courte dans laquelle était creusé un alvéole. Leonis trouva l'objet et plaça l'extrémité arrondie de la tige dans la cavité. Il positionna convenablement le mince bâtonnet entre ses paumes et le fit pivoter rapidement. Le bois de feu s'embrasa et l'adolescent alluma la mèche de la lampe.

La surface sur laquelle se tenait Leonis n'était pas très large. Le bassin occupait la plus grande partie de la grotte. La voûte était élevée. On y avait suspendu un imposant bloc de granit. L'enfant-lion se trouvait juste en dessous de cette lourde masse. Craintivement, il s'écarta. Ses yeux furent alors attirés par des symboles gravés sur la paroi. Il les examina et lut cette simple phrase :

*Il faut rompre l'anneau*
*pour amorcer le jeu.*

Leonis suivit la chaîne du regard. Comme il l'avait déjà constaté en l'explorant des doigts, elle rejoignait la voûte du souterrain. Là-haut, un second ancrage avait été fixé dans la pierre. La chaîne le traversait et redescendait pour supporter le gros bloc de granit suspendu dans le vide. Une autre chaîne partait de ce bloc pour passer dans un troisième anneau. Cette chaîne n'était pas tendue. Elle descendait mollement et était reliée à une haute stèle plaquée contre la cloison. Cette pierre rectangulaire était marquée du cartouche de Dedephor et elle devait fort probablement dissimuler une porte. Leonis comprit rapidement la raison d'être d'un pareil assemblage. Si l'anneau était rompu, la chaîne serait libérée. Ainsi, le gros bloc descendrait et la stèle, visiblement plus légère, se soulèverait. L'adolescent s'accroupit donc pour prendre le maillet et le ciseau. Avec un soupir, il entreprit la pénible tâche de briser l'anneau.

# 14

# PLUS RAPIDE
# QUE LE LÉOPARD

Leonis besogna longtemps. Heureusement, le métal du ciseau était beaucoup plus résistant que celui de l'anneau. Il dut tout de même marteler l'ancrage des centaines de fois avant de le voir céder. Affaibli, l'anneau s'ouvrit soudainement et, dans un terrible vacarme, le bloc suspendu à la voûte s'écrasa au sol. L'enfant-lion n'eut guère le temps de réagir. La lourde masse tomba derrière lui et des éclats de pierre vinrent lui cribler le dos. Leonis poussa un cri. Il laissa tomber ses outils et, d'instinct, il roula sur le côté pour se soustraire au danger. Cette réaction tardive fut cependant dérisoire. Il n'y avait désormais plus rien à craindre.

Le garçon ouvrit les yeux. Il constata que, par miracle, la lampe n'avait pas été abîmée.

Elle brûlait toujours dans l'air empoussiéré par la chute de la pierre. Pour éviter de suffoquer, Leonis plaqua une main sur son nez. Avant de se lever, il procéda à un rapide examen de son dos, il constata avec soulagement que ses blessures étaient superficielles. Sa main droite le faisait souffrir davantage. Sa paume se gonflait de cloques provoquées par l'usage excessif du maillet. Il se mit debout et, emportant la lampe, il contourna le lourd bloc de granit qui, en dépit du violent choc qu'il venait de subir, semblait intact. En souriant, le sauveur de l'Empire aperçut le rectangle sombre d'une porte. Il leva les yeux. La stèle qui avait masqué ce passage se trouvait désormais dans les hauteurs de la grotte. Sans hésiter, il emprunta cette issue pour découvrir, de l'autre côté, une bien étrange installation.

L'entrée donnait sur une étroite terrasse. Une rampe fortement inclinée s'élançait de cette corniche pour disparaître un peu plus bas dans la pénombre. Au sommet de cette descente se trouvait une énorme statue représentant un léopard. L'effigie et le lourd socle sur lequel elle reposait avaient été façonnés dans la pierre. L'ensemble suivait la périlleuse inclinaison de la rampe et, sans la chaîne qui le retenait, le léopard de pierre eût certainement dévalé cette pente à vive allure.

La chaîne jaillissait d'un orifice percé dans la paroi et traversait la corniche pour s'ancrer au socle de la statue. L'enfant-lion remarqua une nouvelle série de symboles gravés sur la cloison. Ces hiéroglyphes composaient ce message :

*Pour triompher, tu devras,*
*tout comme le puissant Dedephor,*
*être plus rapide que le léopard.*

Leonis haussa les épaules. Il devait inspecter la salle souterraine avant de tenter de comprendre cette mystérieuse phrase. Quatre torches suintantes de résine se dressaient en bordure de la corniche. L'enfant-lion les alluma. Elles s'embrasèrent en crépitant et produisirent une fumée lourde et âcre qui piquait les yeux. Leonis dut attendre que ce brouillard se dissipât avant de pouvoir se faire une idée de l'épreuve qui l'attendait.

La rampe était un habile ouvrage de maçonnerie. Elle semblait façonnée dans un seul et immense bloc de calcaire gris. Sa pente abrupte était tapissée d'une matière pâteuse, jaunâtre et luisante. La descente séparait la salle en deux et traversait le souterrain pour terminer sa course devant une porte. La corniche sur laquelle Leonis avait débouché n'était pas très haute. Le sol en contrebas était cependant hérissé de pieux acérés comme des lances. La seule manière de rejoindre la sortie était donc d'emprunter la rampe. La moindre chute se révélerait fatale.

Le léopard occupait toute la largeur de l'allée. Pour atteindre la rampe et gagner la porte, il fallait donc passer par-dessus. En se grattant la tête, Leonis observait la statue. Il comprenait sans mal le principe de l'épreuve. Le léopard dévalerait la rampe et il devrait faire en sorte d'atteindre la porte avant lui. S'il n'y arrivait pas, le félin de pierre bloquerait la sortie et il demeurerait prisonnier. L'enfant-lion pouvait donc entrevoir ce qui l'attendait. Un mécanisme libérerait la chaîne et la statue entamerait sa course. Il n'y avait cependant aucun moyen de savoir ce qui enclencherait cette angoissante épreuve. C'est en s'approchant de l'effigie que l'enfant-lion comprit tout. Il foula une dalle qui s'enfonça sous son pied. La chaîne tomba sur le sol et le léopard s'ébranla.

Durant un bref instant, Leonis demeura interdit. Avec lenteur, la statue progressa de quelques coudées. Le temps d'un souffle, le sauveur de l'Empire émergea de sa stupeur. Renonçant à sa lampe, il se propulsa vers le léopard. Le sol de la rampe était toutefois couvert de graisse et il perdit pied. Heureusement, il parvint à s'accrocher à l'effigie. Cette dernière avait accéléré. En accomplissant un effort surhumain, Leonis réussit à se hisser sur le socle. Son équilibre était précaire. Il faillit tomber lorsqu'il gravit le dos du félin de granit. Assis sur la croupe du léopard, il fit quelques bonds rapides en s'aidant de ses mains. Il atteignit l'encolure de la bête qui filait maintenant à toute vitesse sur la rampe graissée. En s'appuyant sur la tête de la statue, il constata avec horreur que celle-ci avait presque achevé sa course. Le trou sombre de la porte se trouvait à quelques longueurs d'homme du léopard. Fouetté par cette constatation, Leonis appliqua ses paumes sur le crâne de la bête. Les muscles de ses bras se tendirent à se rompre et, dans une détente prodigieuse, il se propulsa vers l'avant. L'enfant-lion s'infiltra de justesse entre le mur et la lourde statue. Ses pieds se faufilèrent dans l'ouverture et il lâcha un cri de douleur lorsque son derrière toucha le sol. Il traversa la porte au moment où, dans un fracas assour-dissant, le léopard percutait la paroi.

Étendu dans l'obscurité, Leonis demeura immobile. Le bas de son dos était très douloureux. Cette souffrance était si vive qu'il n'arrivait plus à bouger. Sa respiration était laborieuse.

Incapable de réfléchir, il se concentra sur les battements effrénés de son cœur. Au bout d'un long moment, la douleur diminua un peu et il parvint à bouger ses jambes. En serrant les dents, il lutta contre l'envie de rester couché et se dressa sur son séant. L'enfant-lion n'arrivait pas à croire qu'il s'en était tiré. Il se repassait en mémoire les derniers instants de sa dangereuse descente. Un tel piège révélait tout de la folie du grand voyant Dedephor. Ce dément prétendait qu'il aurait pu surmonter une semblable épreuve, mais Leonis en doutait énormément. Bien sûr, il venait lui-même de triompher de cette redoutable création. Toutefois, il savait qu'il devait ce succès à la chance. Il songea à ses compagnons. S'ils étaient descendus avec lui, ils seraient maintenant enfermés dans la salle. L'ultime jeu n'autorisait qu'un compétiteur à la fois. Dedephor avait vraiment pensé à chaque détail. L'enfant-lion frissonna. Si les autres épreuves ressemblaient à celle du léopard, il ne sortirait pas vivant de ces souterrains. Par bonheur, le grand voyant n'avait pas été assez tordu pour laisser ses éventuels adversaires sans éclairage. En tâtonnant, Leonis découvrit une autre lampe posée près de la porte. Il utilisa l'un des bois de feu qui l'accompagnaient et alluma la mèche. Ensuite, il leva la tête et eut un violent sursaut d'horreur.

En face de lui étaient suspendus quatre corps momifiés. Deux de ces cadavres avaient eu la tête écrasée. Un autre avait la poitrine aplatie. Deux trous perçaient la carcasse de la quatrième momie. Au pied des dépouilles, un message gravé dans la pierre expliquait leur présence. Leonis le lut à voix haute :

— Ces braves étaient trop lents pour l'ultime jeu... Ils ne possédaient pas la rapidité du puissant Dedephor... Le léopard les a vaincus.

Écœuré, l'enfant-lion secoua la tête. Ces malheureux avaient relevé le défi du prêtre. Leur bravoure les avait tués. Leonis avait du mal à admettre ce qu'il voyait. Dedephor avait été déséquilibré au point de vouloir exhiber les cadavres de ces perdants comme de vulgaires trophées de chasse. Ce fou devait bien s'amuser lorsqu'il visitait son horrible jeu pour venir se rendre compte de son efficacité. Le grand voyant d'Héliopolis connaissait certainement une façon de s'aventurer sans risque dans les souterrains qu'il avait fait aménager. Après l'échec de chacun des participants, il avait bien fallu réactiver les pièges pour recevoir d'autres compétiteurs. Leonis songea qu'il devait sans doute exister un passage permettant de traverser l'ultime jeu sans danger. Par acquit de conscience, il inspecta la minuscule pièce dans laquelle il se trouvait. Il s'agissait d'une banale antichambre. Rien, en ce lieu, ne dénotait la présence d'un quelconque passage secret.

Leonis procéda à quelques exercices pour chasser la douleur persistante qu'il éprouvait. Il constata alors qu'il avait soif. Cette réalité ajouta à ses inquiétudes. Il pouffa tout de même de rire en réfléchissant au fait que, peu de temps auparavant, il avait failli se noyer. Après avoir accompli quelques étirements, il ramassa la lampe et, abandonnant les momies à leur éternelle solitude, il gagna, en boitant, la porte conduisant à une autre épreuve de l'ultime jeu.

# 15

# LES GUERRIERS
# DE PIERRE

L'enfant-lion mit le feu aux torches qui se trouvaient près de l'entrée. Il se retourna. En apercevant la salle dans laquelle il venait de pénétrer, il eut un léger mouvement de recul. Les éléments qui la meublaient avaient de quoi faire frémir. L'endroit n'était pas très vaste. Une allée centrale le traversait entièrement. À l'instar de la rampe conçue pour la précédente épreuve, cette allée était encadrée de profondes fosses dans lesquelles s'alignaient des pals. De l'autre côté de ces excavations, adossés aux murs, d'impressionnants colosses de pierre se dressaient. Ces statues étaient toutes rigoureusement identiques. Elles représentaient un personnage au visage grimaçant. Chacune de ces effigies brandissait une lourde et redoutable massue qui semblait prête à s'abattre sur l'allée.

Il y avait six colosses en tout. On en avait disposé trois de chaque côté de la salle. Leonis devinait sans mal que les massues de ses guerriers de pierre avaient jadis été destinées à écraser, telles de fragiles fourmis, les imprudents qui avaient osé relever le défi de Dedephor. Maintenant, les lourdes armes étaient sur le point de s'abattre pour une ultime fois. Si le sauveur de l'Empire ne trouvait pas une façon de déjouer ce piège, l'un de ces impitoyables gourdins de bois lui broierait les os.

L'allée était composée de six dalles ornées d'illustrations. Sur chacune se dressait un levier de bronze. L'allée s'arrêtait devant une haute stèle arborant l'emblème du grand voyant Dedephor. Une chaîne partait du sommet de ce bloc rectangulaire pour grimper vers la voûte. Tout comme la pierre qui avait dissimulé la première porte de l'ultime jeu, celle-ci devait sans nul doute masquer une issue. S'armant de courage, Leonis traversa la première dalle de l'allée. Il y eut un déclic. L'adolescent faillit mourir de peur à l'instant où, dans un roulement de tonnerre, le passage qu'il venait de franchir se referma.

Appréhendant un terrible danger, le sauveur de l'Empire pivota plusieurs fois en jetant un regard anxieux sur le décor qui l'entourait. Il observa le colosse qui élevait sa massue au-dessus de lui. L'arme restait en l'air. Leonis soupira pour chasser la tension qui l'étreignait. En tournant son regard du côté de l'entrée qui l'avait mené dans cette pièce, il aperçut une pierre identique à celle qui s'élevait à l'autre extrémité de l'allée. Cette stèle n'affichait cependant pas l'emblème du grand voyant. Elle était ciselée de symboles affirmant:

*Celui qui ne craint pas le crocodile épargnera ta vie.*

— Ça y est, soliloqua l'enfant-lion. Me voici devant l'une des redoutables énigmes de Dedephor... Nous allons bien nous amuser, grand voyant! Après, si vous voulez, nous pourrions peut-être jouer une petite partie de senet?

Leonis passa une main dans ses cheveux noirs. Il massa quelques instants ses reins encore douloureux et posa son regard sur la première dalle. Deux illustrations étaient gravées sur celle-ci. Il y avait un crocodile et un hippopotame. La seconde montrait le même crocodile et une grenouille. La troisième dalle exposait toujours le crocodile et un homme debout. Le crocodile, grand favori de ce jeu, était également présent sur les trois dernières dalles de l'allée. Il était respectivement accompagné d'une caille, d'un scorpion et d'un bœuf.

L'adolescent se frotta les tempes. Ces gravures ne lui apprenaient rien. Les leviers de bronze jaillissaient de fentes étroites. Chacun d'eux était levé et faisait face à une statue. Leonis examina les guerriers de pierre avec attention. Les colosses différaient très peu l'un de l'autre. Les variantes qui les caractérisaient résidaient dans quelques détails insignifiants. Leonis eut beau les observer pendant longtemps, il ne décela rien qui eût pu l'aider à résoudre l'énigme de Dedephor. Il s'assit sur le sol et s'adossa à la stèle derrière laquelle était censée se trouver la prochaine issue. Il avait éteint sa lampe pour économiser l'huile. Décontenancé par la phrase du grand voyant, il entama une longue réflexion. Sans savoir que, là-haut, le jour s'achevait, Leonis s'endormit dans le silence opprimant de la salle, sous la sinistre massue d'un colosse de pierre.

À la surface, installés près d'un feu de camp, Montu, Menna et le grand prêtre Ankhhaef désespéraient. Cet après-midi-là, en constatant que l'enfant-lion ne remontait pas de son exploration sous-marine, Menna avait plongé à son tour. Il avait vu l'orifice dont avait fait mention Leonis. Avec horreur, il avait constaté que le passage était obstrué. Durant les heures qui avaient suivi la disparition du sauveur de l'Empire, une vingtaine d'hommes avaient exploré les flots. Rien ne prouvait que Leonis se fût infiltré dans le tunnel. Il pouvait très bien s'être noyé. À cet endroit, le courant du Nil était assez puissant pour dérouter un excellent nageur. Évidemment, ces recherches n'avaient rien donné. Les amis de Leonis vivaient donc de bien pénibles moments d'incertitude. Ils ne savaient pas ce qui était advenu de leur courageux compagnon. Était-il mort? Avait-il réussi à pénétrer dans la sépulture de Dedephor? Et, si tel était le cas, pourrait-il survivre, seul et sans équipement, dans les méandres de la sordide création de ce dément?

— Il faudrait réduire en miettes tous ces rochers, murmura Montu. Si Leonis est là-dessous, il faut tenter quelque chose.

— Une telle chose est impossible, Montu, soupira Menna. Si Leonis a atteint le tombeau, nous pouvons espérer qu'il s'en sortira. Dedephor ne pouvait trouver un adversaire plus coriace que notre ami.

Ankhhaef intervint:

— Si Dedephor a vraiment édifié son jeu de manière à ce qu'un homme puisse en sortir triomphant, je ne doute pas du succès du sauveur de l'Empire. Seulement, ce fou ne connaissait aucune limite.

Montu frappa la terre de son poing.

— Cette situation est atroce! proféra-t-il. Si, au moins, nous avions la certitude que Leonis ne s'est pas noyé dans le grand fleuve! Combien de temps allons-nous l'attendre ainsi? S'il ne revient pas, nous ne saurons jamais ce qui lui est arrivé!

— À mon avis, dit Menna, si Leonis ne revient pas avant demain soir, nous serons forcés d'admettre qu'il a rejoint le royaume des Morts. Demain, nous entamerons des recherches dans le but de découvrir un accès au tombeau. Cette entrée doit forcément exister. D'ailleurs, nous aurions dû essayer de la découvrir en tout premier lieu. Après tout, nous n'étions pas obligés d'affronter l'ultime jeu. Nous aurions sans doute perdu beaucoup de temps en cherchant ce passage, mais notre ami serait avec nous, en ce moment.

Après ces paroles, ils se réfugièrent dans un long silence seulement perturbé par les crépitements du feu. Dans la palmeraie qui bordait le campement, une chouette poussa son hululement lugubre. Malgré la chaleur du feu, Montu, Menna et Ankhhaef frissonnèrent.

L'enfant-lion ouvrit les paupières. Il avait l'impression d'avoir été piétiné par un troupeau de bœufs. Son regard tomba tout de suite sur le visage grimaçant de la statue qui se trouvait à sa gauche. De prime abord, il fut effrayé par cette vision. Puis, reprenant ses sens, il se souvint de l'endroit où il était. Il bâilla et, s'adressant à l'effigie, il lança :

— Tu es vraiment affreux, mon vieux. Je préfère être réveillé par Raya et Mérit. Es-tu celui qui ne craint pas le crocodile ? Comment pourrais-je le savoir ? Tu as la même vilaine figure que tes frères… Je sais… Tu ne me répondras pas. Tu rêves depuis plus de cent ans d'écrabouiller une tête. Dommage pour toi, stupide géant. Je vais tout faire pour te priver de ce plaisir.

Leonis se leva péniblement. Il examina de nouveau chaque dalle afin de définir les liens qui pouvaient exister entre les illustrations. Il dut réfléchir longtemps avant d'avoir une inspiration. À part le crocodile qui était gravé sur chacune des dalles, il y avait six autres créatures : la grenouille, l'hippopotame, l'homme, la caille, le scorpion et le bœuf. Une seule de ses créatures provenait du désert : le scorpion. Cette constatation n'apportait qu'un début de réponse. Cependant, Leonis avait la conviction que la massue surplombant la dalle marquée du scorpion ne s'abattrait pas. Il lui restait désormais à établir la preuve qui confirmerait, hors de tout doute, cette fragile théorie. Quel était donc le rapport avec les guerriers de pierre et la crainte du crocodile? Il y avait une dalle pour chaque massue et toutes les dalles arboraient le crocodile. Le colosse qui frapperait son crocodile le ferait-il par bravoure ou par crainte? La réponse se trouvait dans cette dernière phrase. Les yeux de l'enfant-lion s'illuminèrent et il s'asséna une retentissante claque sur la cuisse pour souligner sa trouvaille. Les guerriers craignaient tous le crocodile. C'était la raison pour laquelle ils s'apprêtaient à le frapper. Un seul d'entre eux n'avait aucune raison d'abattre son arme. Le crocodile associé au scorpion n'était guère à sa place. Un crocodile ne pouvait survivre dans le milieu aride du scorpion. Le guerrier qui se situait devant cette dalle ne pouvait donc, en toute logique, craindre un animal mort.

Leonis ramassa sa lampe et il la ralluma en utilisant l'une des torches. Ensuite, il revint vers la dalle sur laquelle était gravé le scorpion. Il déposa sa lampe, inspira profondément, puis, avant d'abaisser le levier d'une main tremblante, il murmura:

— Faites que je ne me trompe pas, déesse Bastet.

Le levier de bronze glissa aisément. Une série de cliquetis se firent entendre. D'un seul et même mouvement parfaitement synchronisé, cinq massues s'écrasèrent sur les dalles avec une incroyable violence. Debout sur la dalle du scorpion, Leonis faillit s'évanouir en constatant qu'il avait fait le bon choix.

# 16
# L'ÉQUILIBRE
# DU SINGE

Leonis dut s'asseoir. Il avait peine à se tenir sur ses jambes flageolantes. Après avoir résolu l'énigme de Dedephor, il eût été vraiment ridicule de perdre l'équilibre pour tomber dans l'une des fosses hérissées de pieux qui longeaient l'allée. Les cinq massues occupaient entièrement l'espace des dalles sur lesquelles elles s'étaient abattues. Si Leonis n'avait pas choisi le bon endroit, il n'eût pas pu échapper à la mort. Les armes s'étaient écrasées trop rapidement pour lui laisser la plus infime chance de les éviter s'il avait fait le mauvais choix. La stèle qui avait dissimulé la sortie de la salle était maintenant soulevée. La chaîne qui s'y ancrait avait sans doute été entraînée par le poids des massues. Un nouveau passage s'offrait donc à l'enfant-lion. Ce dernier prit sa lampe et se leva. Il enjamba la massue qui le séparait de la porte et quitta l'enceinte des guerriers de pierre.

Il pénétra dans une seconde antichambre qui, tout comme la première, servait de tombeau à ceux qui avaient échoué. Cette fois, il n'y avait que deux cadavres momifiés. L'apparence de ces dépouilles témoignait de la puissance des massues. Leonis eut de la difficulté à reconnaître des restes humains dans ces carcasses broyées. Cette fois, Dedephor n'avait pas pris la peine de laisser un message pour souligner la défaite de ces malheureux. À ce point du jeu, tout était affreusement clair. L'enfant-lion tressaillit en songeant que ces hommes avaient accompli le prodige de survivre à l'épreuve du léopard. Ils avaient surmonté la première épreuve pour périr à la suivante. Cette vérité sema un terrible doute dans l'esprit de Leonis. Survivrait-il au prochain jeu? L'adolescent serra les poings avec violence. Il venait de comprendre la raison qui avait poussé Dedephor à exposer ainsi ces cadavres. Leur présence, dans ces antichambres révélées après chaque triomphe, avait simplement pour but de miner le moral des compétiteurs.

Le sauveur de l'Empire détourna son regard des momies. Ces hommes avaient choisi de relever le défi du grand voyant. Ils étaient entrés dans l'ultime jeu avec l'intention d'en ressortir avec un trésor. En y réfléchissant bien, c'était l'ambition qui les avait tués. Ces individus n'avaient pas été bien différents du vaniteux Dedephor. Leonis, lui, risquait sa vie pour sauver l'Égypte. Il n'était pas dans cet effroyable lieu pour prouver sa force. En outre, il se moquait bien du trésor qu'il était censé découvrir à la fin des épreuves. Dehors l'attendaient des choses infiniment plus précieuses que tout l'or du grand voyant d'Héliopolis. Il ferma les yeux et, durant quelques instants, il chassa ses douleurs, son inconfort et ses angoisses en imaginant le doux visage de la princesse Esa. Malgré toutes ses malveillantes machinations, Dedephor n'avait rien inventé qui eût pu triompher des bienfaits et du courage que prodiguait l'amour. Ragaillardi, l'enfant-lion décida qu'il avait suffisamment perdu de son précieux temps. Il quitta la pièce sans songer au repos.

Leonis traversa un petit couloir qui donnait accès à une corniche. Il découvrit une salle bien différente des deux premières. Cette grotte n'avait pas été creusée par l'homme. L'étroite terrasse rocheuse sur laquelle il se tenait surplombait un gouffre. L'adolescent alluma les deux torches qui se trouvaient là. Il constata alors que la crevasse n'était pas bien large.

Une passerelle de bois la traversait. De l'autre côté, il y avait une autre corniche et une issue. Une stèle marquée du nom de Dedephor était suspendue au-dessus du linteau de cette porte. À l'exemple de celles rencontrées dans les salles précédentes, cette pierre rectangulaire eût été censée bloquer la sortie. Puisqu'elle était levée, il était probable que le dispositif mis en place pour cette épreuve se fût déréglé avec le temps. Une bouffée d'espérance envahit alors le cœur de l'enfant-lion. Si le dispositif ne fonctionnait plus, il pourrait passer à l'étape suivante sans risquer sa vie. Cependant, l'élan d'espoir de Leonis se mua rapidement en déception.

Le garçon leva les yeux pour apercevoir trois énormes lames suspendues dans le vide. Elles étaient situées sur sa droite, à quelques longueurs d'hommes de la passerelle. Ces grandes plaques métalliques au tranchant affilé avaient été forgées en forme de demi-lune. Une chaîne partait de l'axe de chacune d'elles pour la relier à une large poutre située au-dessus de la passerelle. Les lames étaient en fait de redoutables pendules orientés perpendiculairement à l'étroit pont de bois. Le sauveur de l'Empire tourna la tête et avisa deux autres lames à la gauche du pont. Pour le moment, ces cinq terrifiantes faucheuses de vie étaient immobiles et luisaient doucement dans la pénombre.

Leonis s'avança vers la paroi afin d'examiner l'immanquable série de hiéroglyphes qui la marquait. Ces inscriptions disaient :

*Pour franchir le gouffre, tu devras,*
*tout comme le puissant Dedephor,*
*posséder l'équilibre du singe.*
*Quand les lames dormiront,*
*l'issue sera fermée à tout jamais.*

Leonis jeta un soupir. La phrase de Dedephor n'était pas claire. Que fallait-il faire pour atteindre l'autre côté ? La passerelle représentait l'unique voie menant à la sortie. Les lames n'étaient certainement pas là pour la détruire. Si tel avait été le cas, une seule d'entre elles eût suffi à pulvériser cette fragile construction. Le mécanisme libérant les lames s'actionnerait sans doute lorsque l'enfant-lion s'approcherait du pont. Les lourdes et tranchantes plaques métalliques se balanceraient alors dans le vide et… Leonis devrait traverser le pont en les évitant. Cette révélation lui fit l'effet d'une puissante gifle. La passerelle était si étroite que, même sans les lames, il semblait extrêmement dangereux de s'y engager. Sur un ton rageur, le sauveur de l'Empire proféra :

— Bien sûr, puissant Dedephor ! En ce qui vous concerne, vous auriez été capable de traverser cette épreuve sans aucun problème, n'est-ce pas ? Je suis certain que vous auriez pu jouer de la flûte et danser tout en évitant ces négligeables lames ! Vous étiez tellement fort, grand voyant !

Leonis se plongea dans ses réflexions et, soudainement, un large sourire vint éclairer ses traits. Une brillante ébauche s'était faite dans son esprit. Il n'avait certainement pas l'intention de s'engager sur ce pont pendant que les lames seraient en mouvement. Il attendrait qu'elles s'immobilisent. Évidemment, les lourdes pièces de métal bloqueraient alors le passage. C'est probablement ce qu'avait voulu affirmer Dedephor en écrivant que, lorsque les lames dormiraient, l'issue serait fermée. Toutefois, Leonis venait d'avoir une idée géniale. Lorsque ces énormes faucheuses cesseraient de se balancer, il s'avancerait vers la première lame et grimperait à la chaîne qui la reliait à la poutre. Cette poutre traversait la crevasse. En marchant dessus, l'enfant-lion pourrait aisément rejoindre l'autre corniche.

Fier de lui, Leonis termina son inspection des lieux en plongeant son regard dans le gouffre. Sa profondeur n'était pas vertigineuse, mais une chute sur les rochers qui en tapissaient le fond eût certainement été fatale. D'ailleurs, en bas, il y avait un corps. En raison du danger

de l'entreprise, le grand voyant avait probablement renoncé à recueillir la dépouille de ce
compétiteur pour l'ajouter à sa macabre
collection. L'adolescent s'approcha de l'entrée
de la passerelle. Lorsqu'il posa le pied sur sa
surface de bois, elle bougea légèrement. Ce
mouvement fut suffisant pour actionner le
dispositif libérant les lames. En émettant une
suite de bruits stridents comme des cris d'oiseau,
les masses métalliques plongèrent vers le pont.
Un violent souffle fouetta Leonis lorsque la
première lame passa devant lui. Le garçon
gagna l'extrême gauche de la corniche et, les
bras croisés, il s'adossa au mur pour observer
l'impressionnante danse des lames.

Les énormes et miroitantes demi-lunes
fendaient l'air en sifflant. Le vent qu'elles
provoquaient faisait vibrer la fragile passerelle.
Elles se balançaient avec énergie, allant presque
toucher la voûte au bout de chaque envolée.
De l'endroit où il se tenait, l'enfant-lion
pouvait constater qu'un mince intervalle
séparait chacune des lames. Cet espace était
vraiment étroit. Un homme pouvait y tenir, à
condition de demeurer de profil. S'il avait
décidé de jouer selon les règles de Dedephor,
Leonis eût dû attendre le passage de la
première lame avant de s'avancer dans cet
espace restreint, qui la séparait de la suivante.

Debout sur la passerelle chancelante, il eût été contraint de poursuivre cette lente et périlleuse progression pour atteindre son extrémité. En songeant à cette possibilité, Leonis laissa libre cours à un long rire nerveux. Lorsque son regard s'arrêta sur la porte qui se trouvait de l'autre côté de la crevasse, son rire se transforma en râle d'épouvante.

La stèle qui se trouvait au-dessus de la porte s'était abaissée d'une bonne coudée. Le sauveur de l'Empire la fixa sans réagir et, devant ses yeux ahuris, il vit la pierre rectangulaire descendre encore. Elle n'avait parcouru que la largeur d'une main, mais cette observation suffisait à faire comprendre à Leonis qu'il avait été stupide de croire qu'il pourrait aussi facilement déjouer les règles de Dedephor. À chaque balancement des lames, la porte se rapprocherait un peu plus du sol. Quand les mortelles demi-lunes s'immobiliseraient, l'issue serait complètement fermée. C'est ainsi qu'il eût fallu comprendre le message du grand voyant. Mais Leonis avait sous-estimé le génie de Dedephor.

Tremblant d'anxiété, l'adolescent dut se résoudre à emprunter la passerelle. Les lames n'avaient guère ralenti. Pour chasser son angoisse, Leonis prit quelques généreuses bouffées d'air. Les bras en croix pour bénéficier d'une meilleure stabilité, il s'engagea sur la traverse étroite. La passerelle était faite de planches transversales. Au passage de la première lame, l'enfant-lion prit soin de remarquer la planche qu'elle avait survolée. Ensuite, il s'avança le plus près possible de ce point de repère. En revenant, la lame passa si près de lui que sa surface lisse frôla son nez. Leonis déglutit. Tandis que la lame s'élevait de nouveau vers la voûte, il fit glisser ses pieds jusqu'à ce que ses talons dépassent la planche qu'il avait repérée. La deuxième faucheuse franchit son champ de vision et, de nouveau, il identifia une planche qu'il pourrait atteindre sans risque. Il se retrouva alors entre deux lames. La bourrasque que produisait leur passage n'avait rien de rassurant. Pendant un instant, le courage abandonna Leonis. Paralysé par la peur, il n'osait plus bouger. Il dut faire un immense effort pour recouvrer son sang froid. Entre la deuxième et la troisième faucheuse, la passerelle était moins stable. Elle ployait légèrement sous le poids de l'adolescent. Le sauveur de l'Empire frissonna et cette seule réaction faillit le précipiter dans le gouffre. Leonis ramena doucement sa main pour toucher le talisman des pharaons. Il avait dû affronter de terrifiantes épreuves pour obtenir ce pendentif. Il avait été l'unique être à pouvoir sortir triomphant de ces épreuves. Dedephor lui-même n'eût pas réussi à ramener un seul fragment du talisman des pharaons. Il ne fallait surtout pas que l'avenir de l'empire d'Égypte fût compromis à cause de ce dément. Non, vraiment, Dedephor ne méritait pas de gagner cette ultime partie.

Leonis avait mis beaucoup de temps à traverser la passerelle. En arrivant devant la cinquième et dernière lame, il put jeter un coup d'œil à la porte. La stèle était vraiment très basse. D'où il se tenait, l'enfant-lion ne pouvait guère évaluer s'il arriverait à s'insinuer entre le sol et la pierre. Le temps pressait. La dernière lame passa et Leonis plongea sur la corniche. Sans prendre la peine de se relever, il rampa vers la sortie. Sa tête glissa de justesse sous la stèle. En quelques mouvements frénétiques, le sauveur de l'Empire s'introduisit entièrement dans l'obscurité d'une nouvelle pièce. Son cœur battant à un rythme fou, il fixa l'interstice sous lequel il venait de se faufiler. Il l'observa ainsi jusqu'à ce que la lumière disparût tout à fait. Dans le noir absolu, Leonis éclata en sanglots.

# 17
# COMME L'ANTILOPE

L'enfant-lion trouva une autre lampe et un assortiment de bois de feu. Lorsque la petite pièce s'éclaira, il fut soulagé de constater qu'elle ne contenait pas de cadavre. Tout de suite, il se dirigea vers la sortie. Comme il s'y attendait, il déboucha sur le même genre de terrasse que précédemment. Rompu au rituel, il localisa rapidement les torches et les alluma. Il découvrit une salle plus longue que large où se trouvait une rangée de colonnes. La corniche marquant la fin de l'épreuve était assez éloignée. Sa position était nettement plus élevée que celle de l'endroit où se tenait Leonis. Aucune des colonnes n'atteignait la voûte. Elles formaient une ligne droite et leur hauteur allait en gradation jusqu'à atteindre le niveau de la prochaine sortie. Bref, les colonnes formaient une sorte d'escalier que seul un géant eût pu gravir sans sauter.

Cette fois, le principe du jeu n'était pas difficile à comprendre. Pour atteindre l'autre corniche, Leonis devrait sauter de colonne en colonne. Le message de Dedephor vint confirmer cette évidence. Il stipulait:

*Comme le puissant Dedephor,*
*tu devras sauter comme l'antilope*
*pour triompher de cette épreuve.*

Leonis scruta la vaste salle. En bas, des centaines de pieux acérés se dressaient. La première colonne n'était pas très éloignée. Malgré les douleurs qu'il ressentait, l'adolescent savait qu'il pourrait l'atteindre. En fait, le défi n'était pas d'accéder au sommet de la colonne. La véritable difficulté était de s'immobiliser, après le saut, sur une surface aussi étroite. L'adolescent dénombra vingt colonnes. Il se sentait fatigué et il savait qu'il n'aurait pas suffisamment d'énergie pour atteindre l'autre porte. Il avait vraiment besoin de se reposer. Les paupières lourdes, il réintégra l'antichambre et se coucha par terre. Peu de temps après, il sombra dans un profond sommeil.

Il sut qu'il rêvait lorsqu'il ouvrit les paupières dans le magnifique temple de la déesse Bastet. Le lieu de culte était de petites dimensions. De nombreuses statues d'or représentant la déesse-chat s'alignaient contre les murs d'un blanc éclatant. Bastet était debout au centre de la pièce. La déesse était grande et belle. Elle revêtait une longue robe blanche agrémentée de broderies. Sa longue chevelure sombre et tressée encadrait un visage sublime et volontaire. Bastet possédait des yeux de félin aux iris jaunes et aux pupilles étroites. Elle fit quelques pas gracieux vers son protégé et déclara de sa voix envoûtante :

— Te voilà de nouveau dans l'embarras, brave Leonis.

— Pourrais-je faire autrement, déesse Bastet ? Un jour, vous m'avez dit que les hommes qui avaient été désignés pour cacher les coffres avaient sûrement tout mis en œuvre pour les rendre inaccessibles. Avec Dedephor, il n'est plus permis d'en douter.

— Tu es sur la bonne voie, mon garçon. Toutefois, tu devras te méfier. L'épreuve des colonnes semble simple, mais aucun homme ne pourrait la surmonter. La dernière colonne est beaucoup trop éloignée de la corniche.

— Est-ce qu'un lion pourrait y parvenir ?

— Tu as tout compris, Leonis.

— Merci pour ce conseil, déesse Bastet. Je dois aussi vous remercier d'avoir envoyé les chats à ma rescousse dans les ruines du temple de Ptah. Sans eux, les adorateurs d'Apophis m'auraient sans doute tué.

— Tu as été bien imprudent, ce soir-là, enfant-lion.

— Ils se sont servis de ma petite sœur pour m'attirer dans ce piège. Je ne pouvais pas ignorer ce rendez-vous.

— Ne t'avais-je pas dit que ta sœur était en sécurité?

— Si, déesse-chat. Vous m'aviez dit que quelqu'un veillait sur elle. Je n'ai pas douté de vos paroles… Mais, ce soir-là, j'espérais voir Tati. Si elle avait été là, j'aurais tenté de la libérer. Enfin… Je n'aurais pas dû agir ainsi…

— Heureusement, tu as échappé à l'embuscade. Tes valeureux amis veillaient sur toi. Tâche d'être moins téméraire la prochaine fois. Dois-je te rappeler que tu dois sauver tout un peuple?

— Je sais, murmura l'enfant-lion. Mais je dois d'abord triompher de l'ultime jeu si je veux livrer l'offrande suprême à votre père Rê.

— Tu peux y arriver, mon brave. Il est temps de te réveiller, maintenant. Tu n'auras qu'à prononcer trois fois mon nom pour te changer en lion. Je tiens à te dire une dernière petite chose avant de te quitter.

— De quoi s'agit-il, déesse-chat ?

— Tu devras éviter de devenir comme Dedephor.

— Vous voulez rire, déesse Bastet ! Je ne ressemblerai jamais à ce fou !

Sur cette protestation, Leonis s'éveilla dans la pénombre de l'antichambre. En voyant le rectangle lumineux qui se dessinait sur la paroi, il se souvint qu'il avait oublié d'éteindre les torches. Le sauveur de l'Empire se leva péniblement et sortit sur la corniche. La déesse-chat l'avait insulté en prétendant qu'il pourrait un jour ressembler à Dedephor. Il n'avait vraiment rien de commun avec cet être vaniteux ! Combien d'épreuves lui restait-il encore à surmonter avant d'en avoir terminé avec l'ultime jeu ? En hurlant presque, Leonis lança :

— Je ne saute pas comme l'antilope, grand voyant Dedephor ! J'imagine que vous non plus, vous ne le pouviez pas ! Autrefois, un lion a ruiné votre vie ! Aujourd'hui, c'est également un lion qui triomphera de votre jeu !

Leonis défit le nœud qui raccourcissait la chaîne du talisman des pharaons. Ensuite, il prononça le nom de Bastet à trois reprises. Il tomba à genoux et, l'instant suivant, un magnifique lion blanc comme le lin poussa un rugissement qui se répercuta longuement sous le dôme du souterrain. Dans une série de bonds spectaculaires, le félin rejoignit l'autre corniche. Il rugit trois fois et le sauveur de l'Empire redevint humain. Durant un instant, il avait éprouvé la puissance du lion. Maintenant, sa faiblesse lui semblait encore plus profonde. Tous ses muscles le faisaient souffrir. Il s'assit un moment sur le rebord de la terrasse. Bastet avait eu raison d'affirmer que la dernière colonne était vraiment trop éloignée de la corniche. Dedephor ne tenait pas à ce que les compétiteurs surmontent cette épreuve. Et, s'il n'y tenait pas, c'était peut-être parce qu'il s'agissait de la dernière. Encouragé par cette pensée, Leonis se leva. Malgré sa hâte, il se dirigea d'un pas traînant vers la prochaine porte. En tâtonnant, il chercha une autre lampe. Comme d'habitude, il en trouva une. En gémissant, il fit tourner la tige d'un bois de feu entre ses paumes écorchées. Cet exercice devenait de plus en plus douloureux. Manipulé avec maladresse, le bâton mit un certain temps avant de s'embraser. Leonis alluma la lampe et se redressa. Il quitta l'antichambre en espérant de tout son cœur qu'il n'aurait plus d'autres épreuves à surmonter. Il longea un petit couloir aux cloisons de calcaire nu et pénétra dans une vaste pièce. Avec émotion, l'enfant-lion sut immédiatement qu'il venait de triompher de l'ultime jeu.

Le trésor du grand voyant Dedephor se révélait à lui. Des statues en or massif semblaient s'animer dans la lueur jaunâtre de la modeste flamme. Il y avait là une véritable peuplade de ces effigies dignes d'occuper les chapelles des plus prestigieux temples de la glorieuse Égypte. Osiris, Isis, Ptah, Hathor, Horus, Rê... On eût dit que toutes les divinités s'étaient rassemblées pour saluer l'exploit du sauveur de l'Empire. De nombreux coffres d'ébène, incrustés d'ivoire, de bronze et de lapis-lazuli, reposaient le long des murs. L'or qu'ils contenaient débordait sur le sol. Une multitude d'objets dignes de Pharaon meublaient cette grande chambre au plafond bas. Dedephor avait vraiment amassé une fortune considérable en puisant dans l'or du temple de Rê d'Héliopolis. Il avait tellement eu confiance en son ultime jeu qu'il avait été prêt à livrer ce pactole à celui qui en sortirait vivant. Leonis était le premier participant à pénétrer dans cette salle. Il regardait partout comme s'il ne voulait rien perdre des splendeurs qui remplissaient la pièce. En fait, le garçon se moquait complètement des choses qui l'entouraient. Ce qu'il voulait apercevoir, d'abord et avant tout, c'était le coffre contenant les trois prochains joyaux de la table solaire.

Leonis se dirigea vers une porte qui se trouvait à l'autre extrémité de la chambre. Cette porte donnait sur une pièce tout aussi vaste, mais beaucoup plus sobre. C'est en ce lieu que Dedephor attendait, depuis plus d'un siècle, l'élu qui aurait la noble tâche de sauver l'Empire.

# 18

# LA MOMIE
# DE DEDEPHOR

Leonis franchit le chambranle. La scène qui se révéla alors à son regard le fit sursauter. Sa surprise fut telle qu'il faillit laisser tomber sa lampe. Au bout d'une allée bordée de colonnes lotiformes, un vieillard était assis sur un trône d'or. Sa peau était dorée comme celle de la déesse Hathor. Un scarabée ailé ornait sa poitrine nue. Ses yeux grands ouverts fixaient l'entrée et ses lèvres affichaient un rictus de carnassier.

L'enfant-lion foula craintivement les premières dalles de l'allée. La maigreur épouvantable du personnage indiquait qu'il s'agissait sans doute d'une momie. Seulement, les momies n'avaient habituellement pas les yeux ouverts. Celle-ci possédait un regard vif et maléfique qui donnait froid dans le dos. En s'approchant, Leonis se rendit compte qu'il s'agissait vraiment d'un cadavre. Une seule jambe émergeait du long pagne blanc et plissé qu'il portait. Ce corps était, à n'en pas douter, celui du grand voyant Dedephor. Entre ses doigts squelettiques reposait le coffre contenant le bélier, l'abeille et l'œil.

L'enfant-lion alluma les deux flambeaux qui se trouvaient près du trône du grand voyant d'Héliopolis. Pendant un moment, il examina la momie. L'or était la chair des dieux. La peau de Dedephor en était recouverte. Des billes d'ivoire incrusté de pierres précieuses avaient été logées dans ses orbites. Avant son trépas, ce dément avait caressé le vœu d'impressionner son ultime visiteur. Il était mort depuis longtemps, mais, sur sa dépouille, ce monstrueux amour-propre qui l'avait conduit aux pires excès subsistait toujours.

Leonis esquissa une moue dégoûtée. Le coffre semblait solidement ancré entre les mains du cadavre et l'adolescent n'avait aucune envie de toucher ce dernier. Quelque chose de malsain émanait de cette momie au visage grimaçant. Leonis avait l'impression que le grand voyant se moquait de lui. Pire encore, il éprouvait l'étrange sensation que son hallucinant regard factice épiait chacun de ses gestes. Devant le trône, sur un socle recouvert de bronze, reposait un étui de scribe. Le sauveur de l'Empire le prit et dénoua le cordon de cuir qui le fermait. Il sortit le rouleau de papyrus qu'il contenait. Ensuite, il s'assit sur le sol, déploya le rouleau et lut ces mots jadis écrits par Dedephor le dément:

*Je trouve insensé de rédiger un semblable message. Celui à qui il est destiné ne lira ces mots sans doute jamais. Car, qui pourrait me vaincre? Néanmoins, si tu es là, brave et habile combattant, c'est parce que tu as traversé les épreuves de l'ultime jeu. En réalisant cet exploit, tu as mérité de poursuivre l'importante mission que l'on t'a confiée. Pendant que tu lis ce message, j'évolue certainement parmi les Indestructibles. Puisque les divinités sont justes, elles m'accueilleront dans leur royaume lorsque viendra l'heure de ma mort. Je suis un dieu vivant. Lorsque je quitterai ce monde, je serai semblable à Rê. Les mortels me voueront un culte. L'œil d'un dieu est donc sur toi, en ce moment. Sache qu'il t'admire pour ce que tu viens d'accomplir.*

*Tu as nagé comme la grenouille. Tu es plus rapide que le léopard. L'antilope saute moins haut que toi et tu possèdes l'équilibre du singe. Tu as résolu l'énigme des colosses de pierre. Mon trésor est à toi. Il ne te reste qu'à prendre le coffre et tu seras mon égal. Tu seras comme Dedephor.*

Le rire de Leonis rompit le silence de la sépulture. Il eut envie d'emporter ce papyrus pour l'offrir au grand prêtre Ankhhaef. Ce dernier pourrait ainsi constater que le récit qu'on lui avait fait dans sa jeunesse n'était pas exagéré. Dedephor avait véritablement été ce dément dont certains prêtres perpétuaient la mémoire. Ce fou avait toutefois été très intelligent. Les épreuves tordues de son ultime jeu ne permettaient pas d'en douter. En outre, il avait aménagé cette impressionnante création sans éveiller les soupçons des fonctionnaires de son époque. Comment avait-il pu accumuler un tel trésor sans que personne s'en doutât? Manifestement, Dedephor avait été un homme génial. Leonis songea que, si le grand voyant s'était dévoué à une noble cause, son nom, comme celui du grand architecte Imhotep, eût rayonné à tout jamais dans l'histoire de la glorieuse Égypte.

Bientôt, la moindre parcelle d'or se trouvant dans ce tombeau retournerait dans les temples. L'enfant-lion était venu chercher le coffre. Rien d'autre ne comptait à ses yeux. Il glissa le rouleau de papyrus dans son étui et se leva. En s'approchant de la momie, il déclara:

— Vous n'étiez pas un dieu vivant, grand voyant. Aujourd'hui, seuls quelques prêtres connaissent encore votre nom. Ils ne le prononcent qu'avec mépris. J'ai triomphé de l'ultime jeu, mais je ne l'ai pas fait pour devenir votre égal. D'ailleurs, aucun homme normal n'aurait pu survivre à votre sordide distraction. Vous-même, malgré vos prétentions, auriez échoué. Si je n'avais pas pu me transformer en lion, je n'aurais jamais pu revoir la lumière du jour. Vous étiez un tricheur, Dedephor. Les véritables combattants ne trichent pas. Vos mots annoncent que je serai comme vous lorsque je prendrai ce coffre. Mais c'est faux, grand voyant. Je détesterais vous ressembler. Bastet, elle aussi, m'a dit que je devais éviter de devenir semblable à vous. La déesse-chat m'a blessé en supposant que ce triomphe me gonflerait d'orgueil. J'ai juste envie de quitter cet endroit. Je n'emporterai que ce coffre et je le ferai pour sauver le peuple des Deux-Terres.

Leonis s'approcha de la momie. Il allait s'emparer du coffre lorsqu'un frisson d'horreur lui laboura l'échine. Pourquoi n'avait-il pas compris tout de suite ce que la déesse-chat avait tenté de lui faire entendre? L'ultime jeu n'était pas terminé. Les mots du grand voyant disaient: « Il ne te reste qu'à prendre le coffre et tu seras mon égal. Tu seras comme Dedephor. » Leonis recula de quelques pas. Il avait saisi de justesse le véritable sens de ces mots fallacieux. Dedephor était mort. Si l'enfant-lion s'emparait du coffre, il deviendrait comme lui.

Le sauveur de l'Empire gagna la salle du trésor pour y dénicher un objet long. Il choisit un sceptre d'or orné d'une tête d'oiseau. Il revint ensuite vers la momie. Leonis demeura à bonne distance du cadavre de Dedephor. Il tendit le sceptre et, doucement, il souleva le coffre. Avec un raclement sourd, la dalle qui se trouvait devant le trône s'enfonça dans le sol. Leonis l'entendit s'écraser au fond du profond puits qu'elle venait de révéler.

L'enfant-lion tremblait de rage. Durant un moment, il eut envie de se jeter sur la momie pour la précipiter dans l'ouverture. S'il avait pris le coffre, il serait immanquablement tombé dans ce puits. Dedephor était demeuré mauvais joueur jusqu'à la toute fin. Leonis fit cependant un effort pour recouvrer son calme. Il ne servait à rien de s'emporter contre un mort. De toute manière, l'âme maléfique de cet homme devait être condamnée à l'errance éternelle. Et, après tout, ne venait-il pas de déjouer un autre des infâmes pièges de ce fou ? Le vainqueur de l'ultime jeu laissa tomber le sceptre et contourna le trône. En se plaçant derrière la dépouille, il saisit le coffre et tira si fort que les doigts de la momie se rompirent dans un nuage de poussière d'or. Leonis ne put s'empêcher de sourire.

La sortie de cette salle était située dans un coin d'ombre se trouvant derrière l'une des rangées de colonnes. Après l'avoir découverte, Leonis reprit sa lampe, puis, transportant le lourd coffre sous son bras, il s'enfonça dans un large couloir. Fourbu et anxieux, l'adolescent espérait que cette galerie le conduirait à l'extérieur. Il avait soif, il avait faim, et il voulait dormir. Il avait hâte aussi de rassurer ses compagnons qui, s'ils n'avaient pas déjà renoncé à le revoir vivant, devaient grandement s'inquiéter. Le couloir n'était pas très long. Leonis lâcha un cri rauque lorsqu'il vit qu'il était obstrué par un amas de pierres. Cet éboulis avait-il été provoqué par le temps ou s'agissait-il d'une autre manifestation de la cruauté de Dedephor? Le grand voyant avait-il ordonné qu'on scellât les issues de son tombeau de manière à ce que personne ne pût en sortir? Leonis s'approcha de l'éboulis. Il constata que les lourdes pierres qui le composaient s'enchâssaient avec une précision qui n'avait rien de naturel. Le couloir avait été obstrué par des hommes. Leonis déposa le coffre et la lampe. Il s'adossa au mur, ferma les paupières et se massa le crâne avec application. Durant un long moment, il s'efforça de trouver une solution, mais, bien vite, il dut se rendre à l'évidence qu'il n'en existait aucune. Si Menna et Montu avaient été avec lui, il eût été possible, en conjuguant leurs efforts, de déplacer ces pierres. Toutefois, aucun homme n'eût pu, à lui seul, accomplir une telle besogne.

En ouvrant les yeux, Leonis remarqua une brèche dans la paroi qui se trouvait devant lui. Avec fébrilité, il se pencha pour regarder par l'orifice. Il s'agissait d'un étroit passage. Rien n'indiquait qu'il conduisît quelque part, mais, pour l'instant, aucune autre possibilité ne s'offrait à Leonis. Laissant le coffre et la lampe dans le couloir, le garçon se glissa en rampant dans le tunnel. Au bout de quelques coudées, le passage s'incurvait légèrement. L'enfant-lion progressa encore. Ses épaules, ses coudes et ses genoux raclaient douloureusement la pierre. Au bout de cette progression aveugle, son front heurta une surface dure et rugueuse. Le tunnel s'arrêtait là. Un accablement mêlé de colère s'empara de Leonis. Cette aventure ne pouvait s'achever ainsi. S'il ne découvrait pas une sortie, la sépulture de Dedephor deviendrait aussi la sienne. Dans la mort, Leonis emporterait le salut de tout un peuple. L'enfant-lion s'apprêtait à retourner dans le couloir lorsque, à travers la buée de ses larmes, il vit un rayon de lumière s'infiltrer dans la galerie.

La lueur provenait d'une minuscule fente localisée à la base de la paroi. De ses doigts tremblants, Leonis explora la surface. Avec bonheur, il se rendit compte que cette dernière ne faisait pas corps avec le tunnel. Dans le mince espacement qui la dissociait de l'ouverture circulaire du passage, quelques racines rachitiques s'étaient insinuées. Derrière cette pierre se trouvait la liberté! Leonis appuya fermement ses talons de chaque côté du boyau. De toute la vigueur qui lui restait, il poussa sur l'obstacle. La pierre remua légèrement. Après quelques tentatives, elle bascula enfin. Leonis aperçut alors la lumière pâle de l'aube. Une brise fraîche caressa son visage.

Menna s'approcha de Montu qui, enveloppé dans une couverture, fixait rêveusement les flammes basses du feu de camp moribond qui grésillait devant lui. Le jeune soldat vint s'asseoir auprès de son compagnon. Montu leva les yeux pour lui adresser un faible sourire. Menna demanda :

— Tu n'as pas dormi, mon ami?

— Je n'arrivais pas à fermer l'œil, Menna. Toute la nuit, je me suis efforcé de croire que Leonis était toujours en vie. Mais, chaque fois, quelque chose me disait qu'il était trop tard.

Un tombeau, ce n'est pas très vaste. Selon moi, s'il avait réussi à traverser celui de Dedephor, Leonis serait revenu depuis longtemps.

— La sépulture de Dedephor n'est pas un tombeau comme les autres, Montu. Selon Ankhhaef, le grand voyant a fait de ce lieu sa demeure d'éternité, mais il ne faut pas oublier que ces souterrains avaient d'abord été aménagés pour servir de cadre à l'ultime jeu. Je regrette d'avoir laissé Leonis plonger dans le Nil. J'aurais dû aller explorer moi-même ce tunnel. Je suis le protecteur du sauveur de l'Empire. J'ai pour mission de le préserver de tous les dangers… Et puis, qu'importe cette mission. C'est au nom de notre amitié que j'aurais dû plonger à sa place.

— Les regrets sont inutiles, Menna. Si Leonis a rejoint le royaume des Morts, nous aurons le devoir de poursuivre la quête. J'ai la certitude que c'est ce que voudrait notre ami. Le deuxième coffre se trouve non loin d'ici. Il faudra découvrir l'entrée du tombeau de Dedephor et la dégager. Même si nous avions besoin de la force de mille hommes, nous finirions par y arriver. Je serais prêt à lutter jusqu'à la mort pour achever la tâche de Leonis.

— Je serai avec toi, Montu, murmura Menna. Et, peu importe l'endroit où il se trouvera, je sais que l'enfant-lion sera également avec nous.

D'un geste nonchalant, Montu jeta une brindille dans les flammes mourantes. Elle noircit et se recroquevilla avant de se mêler à l'amoncellement incandescent des braises. Le garçon leva les yeux et un immense bouleversement marqua ses traits. Fixant l'espace droit devant lui, il repoussa brusquement sa couverture et se leva. Menna suivit le regard du garçon pour apercevoir Leonis qui franchissait en boitant les dernières coudées qui le séparaient de ses amis. Il transportait le coffre d'or contenant le bélier, l'abeille et l'œil. L'enfant-lion s'immobilisa devant ses compagnons muets de stupéfaction. Il ébaucha un sourire languissant et jeta:

— Le grand voyant Dedephor m'a prié de vous transmettre ses salutations, les gars.

Leonis vacilla et, sans lâcher le précieux coffre, il tomba d'épuisement sur le sol sablonneux.

# 19
# LE DIFFICILE DÉPART
# DE MERAB

Le sorcier Merab quitta son repaire, longea un long couloir et sortit sous le ciel rose du matin naissant. Un petit garçon l'attendait à l'entrée de la grotte. Cet enfant n'avait, en apparence, pas plus de cinq ans. En voyant ses joues rondes, ses membres potelés et sa chevelure soyeuse aux mèches noires et bouclées, personne n'aurait pu croire que ce petit être avait plus de deux siècles d'existence. Chery devait l'éternelle jeunesse de son corps à la sorcellerie du vieux Merab. Il n'avait pas voulu de cette vie. Il la subissait sans savoir ce qu'il avait fait pour mériter un tel sort. D'une voix bourrue, ce très vieux bambin accueillit le sorcier :

— Les ânes sont prêts, maître. Ils nous attendent au sommet de la falaise. Êtes-vous toujours sûr de vouloir gagner les environs de Memphis en empruntant le désert ? Une barque nous y conduirait beaucoup plus rapidement.

— Tu sais bien que je déteste voyager sur le grand fleuve, Chery. L'humidité me ronge les os. En outre, beaucoup de gens naviguent sur le Nil. Je déteste les gens autant que l'humidité.

— Où allons-nous exactement, sorcier Merab ?

— Tu n'as pas à le savoir, lamentable moustique.

Chery baissa les yeux. Il fulminait contre le vieux sorcier. Ce dernier avait cependant le pouvoir de lire dans les pensées. Le garçon évita donc d'émettre en pensée la rancœur qu'il éprouvait. Au fil des longues années qu'il avait été contraint de partager avec le sorcier, Chery avait développé la faculté de rester muet jusque dans son esprit. Cette particularité déplaisait au vieil homme. Chery était le seul être qui pouvait ainsi le fuir en se réfugiant dans un recoin de son âme. À cet instant, donc, le petit avait fermé la porte à la fouille mentale de Merab. Le vieillard détestait se heurter à cette barrière. Masquant sa contrariété, il jeta :

— Il est temps de partir, moustique. Un long voyage nous attend. Il y a plus de soixante ans que je ne me suis pas éloigné de Thèbes.

— La raison de ce voyage doit être très importante, avança Chery.

— Tu verras bien, répliqua Merab. Je n'ai pas à te le dire, Chery. Tu feras comme ces ânes qui transporteront notre matériel : tu iras où j'irai. Les ânes ne se questionnent jamais. Tu devrais faire comme eux. Grimpons cette falaise avant qu'il ne fasse trop chaud.

Le petit haussa les épaules et tourna les talons pour se diriger vers un sentier qui longeait le flanc accidenté de la muraille rocheuse. Le vieillard lâcha un soupir. Il jeta un regard circulaire sur la vallée qui s'étendait en contrebas. Sur sa gauche, les murs pâles de la grande cité de Thèbes s'enflammaient sous le soleil d'un nouveau jour. Le sorcier s'appuya sur son bâton de sycomore pour emboîter le pas au petit Chery. Il y avait bien longtemps que Merab n'avait pas ressenti un malaise semblable à celui qui l'étreignait à cet instant. Depuis le temps que Seth ne s'était pas manifesté à lui, il avait espéré que le tueur de la lumière ne reviendrait plus. Le dieu avait eu raison de dire que l'or était la seule chose qui comptât vraiment pour Merab. C'était plus fort que lui. Derrière l'un des murs de son repaire se trouvait une chambre où s'entassait la fortune qu'il avait accumulée durant sa très longue vie. Des monceaux d'or recouvraient le sol de cette petite pièce. Le sorcier dormait sur l'or. Il aimait le regarder, le toucher, le sentir. Il en aurait mangé si la chose avait été possible. Sa relation avec la précieuse matière n'avait rien à voir avec le luxe, le respect ou la gloire qu'elle pouvait procurer à ceux qui la possédaient. Il aimait l'or simplement parce que c'était de l'or. Son trésor ne recelait rien d'autre. Pour ce personnage, la plus remarquable des émeraudes n'était rien de plus qu'un vulgaire caillou. Quelquefois, cependant, le sorcier acceptait le cuivre et le bronze en échange de ses services. Il détestait négliger l'or pour recueillir d'aussi vils métaux. Seulement, il fallait bien qu'il mangeât. Il était hors de question qu'un seul grain de son or fût sacrifié à une aussi grossière nécessité. Merab vivait donc très pauvrement en s'endormant chaque soir sur la couche tintante de ses dunes dorées. Et, le seul fait qu'il fût obligé, ce matin-là, de s'éloigner de l'objet de sa ferveur le remplissait d'une douloureuse anxiété.

Puisque Seth était revenu, le vieil homme ne pouvait qu'obéir à sa volonté. Il appartenait au dieu des ténèbres. Ce dernier pouvait l'anéantir d'un seul battement de paupière. La première fois que Seth s'était révélé à Merab, le sorcier avait plus de soixante-dix ans déjà. Il était alors un très puissant envoûteur qui caressait, depuis l'enfance, le désir de devenir immortel. Merab était brillant. À vingt ans, il avait commencé l'apprentissage de la langue des Anciens. Ce peuple avait côtoyé les dieux. Les récits affirmaient que les Anciens connaissaient le secret de l'immortalité. Durant des années, Merab avait exploré la terre d'Égypte dans le but de colliger les écrits provenant de ce savant peuple. Ses recherches avaient été longues, mais fructueuses. À cinquante ans, il possédait des milliers de tables évoquant l'histoire, les lois et les coutumes des Anciens. Certains écrits étaient consacrés à la magie. En les déchiffrant, Merab avait pu, comme sa vie s'achevait, découvrir enfin la procédure qui le rendrait immortel. Il s'agissait d'une longue suite d'invocations et de rituels qui, pour opérer, devait s'achever par la manifestation d'une divinité. Cette divinité devait alors consentir à offrir la vie éternelle à celui qui l'avait sollicitée. Le sorcier avait invoqué de nombreux dieux sans obtenir satisfaction. Durant son existence, il avait commis trop d'actes malfaisants. Seul Seth avait répondu à l'appel de son nom. Le tueur d'Osiris était apparu devant le vieux Merab et lui avait exposé, sans possibilité de marchandage, le prix de son immortalité. Avec raison, Seth avait affirmé au sorcier qu'une vie éternelle sur la terre d'Égypte était la seule façon pour lui de se soustraire au terrible jugement du tribunal des Morts. Si Merab mourait, son âme serait aussitôt condamnée. Il fallait donc qu'il restât vivant. Seth pouvait acquiescer à sa demande. Il fallait toutefois que Merab acceptât de lui céder son âme. Le sorcier n'avait pas hésité. Il était devenu l'instrument de Seth. Depuis plus de quatre siècles, Merab évoluait dans la peau d'un vieillard de soixante-dix ans.

Au début, Merab n'avait pas regretté son association avec le dieu des ténèbres. Il fallait des années à un sorcier pour développer chaque nouveau pouvoir qu'il comptait maîtriser. Après sa rencontre avec Seth, Merab avait l'éternité devant lui. Le tueur de la lumière lui apparaissait rarement et, chaque fois qu'il le faisait, le vieil homme était heureux d'accomplir les tâches que son divin maître lui imposait. En ce temps, Merab parcourait l'Égypte du nord au sud et rien ne pouvait le retenir très longtemps au même endroit. C'était avant qu'il n'ait découvert sa folle passion. Depuis que l'or avait conquis son cœur, le sorcier n'avait plus la moindre envie de quitter son antre. Malgré tout, Merab se devait d'obéir à Seth. En acceptant de venir en aide aux adorateurs d'Apophis, il s'éloignerait de son or pour un long moment. Toutefois, s'il avait refusé de se rendre au Temple des Ténèbres, il eût dû renoncer à tout jamais à son trésor. Seth lui eût ôté la vie et son âme eût été condamnée au néant. Il n'y avait certes pas d'or dans le néant.

Chery s'affairait à détacher les ânes lorsque Merab le rejoignit enfin au sommet de la falaise. Devant leurs yeux s'étalait un paysage montueux et stérile. Merab reprit son souffle avant de demander :

— Aurons-nous assez d'eau pour franchir les montagnes ?

— Si, sorcier Merab, répondit Chery. Nous disposerons de six outres. J'ai chargé les bêtes comme vous me l'avez demandé.

Le vieux ne répliqua pas. Il se tourna vers le sud, ferma les yeux et plaqua les mains sur ses tempes. Après un moment, Chery l'entendit déclarer :

— L'enfant-lion a réussi. Il a vaincu ce vieux fou de Dedephor.

Merab se dirigea ensuite vers le garçon qui l'observait avec curiosité. L'inquiétude se lisait sur le visage ridé du sorcier. Le petit osa l'interroger :

— Qui est l'enfant-lion, maître ?

— Souviens-toi que les ânes ne posent pas de questions, moustique.

Chery ne dit rien et se réfugia de nouveau dans un coin secret de son âme. Merab était cependant trop angoissé pour se préoccuper des pensées de son serviteur. Le vieux sorcier palpa le petit sac d'or qui se trouvait sous sa tunique. Ce geste l'apaisa un peu.

# 20
# REPOS POUR
# UN VAINQUEUR

Leonis avait dormi longtemps. Après son arrivée au campement, il avait tout juste trouvé la force de se restaurer en buvant un peu d'eau et en mangeant quelques figues. Sans attendre le réveil du grand prêtre Ankhhaef, Leonis s'était étendu sur sa natte et, immédiatement, s'était endormi. Afin de le protéger du soleil, Menna et Montu avaient installé un pan de toile épaisse au-dessus de sa couche. Toute la matinée, tandis qu'il dormait à poings fermés, des exclamations enthousiastes avaient retenti autour de lui. Les membres de l'expédition saluaient l'exploit du sauveur de l'Empire. On avait préparé une trentaine de jarres de bière d'orge et d'énormes pièces de viande avaient été mises à rôtir au-dessus des feux.

L'atmosphère était donc à la fête lorsque Leonis s'était réveillé dans la chaleur cuisante et inconfortable de l'après-midi.

Malgré les douleurs qui l'affligeaient, l'enfant-lion s'était levé rapidement pour recevoir aussitôt les éloges d'Ankhhaef tout tremblant d'émotion. De nombreux soldats l'avaient félicité. Toutefois, avant de répondre à une seule des incessantes questions qu'on lui posait, l'enfant-lion s'était dirigé vers le Nil pour se rafraîchir et nettoyer ses nombreuses écorchures. L'eau vivifiante du grand fleuve lui avait fait le plus grand bien. Enfin ragaillardi, Leonis s'était installé dans l'ombre d'un grand arbre. Il avait revêtu son pagne, sa peau et ses cheveux étaient oints d'huile parfumée et ses plaies étaient recouvertes d'onguent. Devant lui, sur une feuille de palmier, reposait un gros morceau de bœuf fumant. Montu, Menna et Ankhhaef étaient assis aux côtés de Leonis. Quelques soldats formaient un cercle autour d'eux. L'enfant-lion but une lampée de bière fraîche, soupira d'aise et affirma :

— Je ne vous ai pas quittés longtemps, mes amis, mais vous m'avez drôlement manqué.

— Nous étions très inquiets, Leonis, dit Montu. Nous avons craint le pire. Menna et moi aurions tout donné pour te rejoindre dans le tombeau de Dedephor.

— Si Menna et toi m'aviez accompagné, deux d'entre nous auraient alors subi une mort atroce. C'est une certitude, mon vieux Montu. L'ultime jeu a été conçu pour recevoir un compétiteur à la fois. Dedephor avait pensé à tout. Je peux vous assurer qu'il ne voulait pas perdre. Avant de découvrir l'entrée du tombeau, nous étions prêts à affronter la création d'un fou. Toutefois, les affreux pièges de Dedephor allaient au-delà de tout ce que nous aurions pu envisager. Je m'étonne encore d'avoir triomphé de l'ultime jeu.

L'enfant-lion mangea un peu. Il entama ensuite le long récit des moments qu'il avait vécus dans la sépulture de Dedephor. Les autres l'écoutèrent en silence. Leonis exposa chaque détail de sa périlleuse aventure. Il ne parla évidemment pas du lion blanc, car Menna et Montu étaient les seuls à savoir que le sauveur de l'Empire possédait la faculté de se changer en fauve. Quand Leonis se tut, la stupéfaction et la frayeur se lisaient sur chaque visage. Le grand prêtre Ankhhaef semblait consterné. D'une voix faible, il déclara :

— Tu as encore risqué ta vie, brave Leonis. L'Empire te doit beaucoup. Dedephor était un homme méprisable. Sa folie a failli causer la fin de la glorieuse Égypte. Puisque tu as vu son trésor, nous avons désormais la preuve qu'il dérobait l'or de son temple. Il volait ce qui appartenait au dieu-soleil.

— Dedephor se prenait pour un dieu, grand prêtre Ankhhaef. Sa momie a été recouverte d'or et j'ai trouvé un papyrus sur lequel il avait écrit que les divinités l'accueilleraient dans leur royaume. Puisque ce vaniteux avait la conviction d'être semblable à un dieu, il jugeait sans doute que ces richesses lui revenaient de droit. Je vous indiquerai l'endroit où se situe la véritable entrée de son tombeau. Elle est obstruée par un amoncellement de grosses pierres. Je suis sorti par un tunnel qui se trouvait juste à côté. Ces deux ouvertures ne sont pas visibles de l'extérieur. Derrière l'éboulis, il y a un couloir. Au bout de ce passage se trouve la momie du grand voyant. Le trésor repose dans une salle voisine. Il pourra bientôt retourner d'où il est venu.

— Je t'admire beaucoup, Leonis, lança Menna en touchant l'épaule de l'adolescent. Nous savons désormais qu'une seule personne pouvait accéder à l'ultime jeu. Hier, tu as été le premier à plonger dans le grand fleuve. Ce n'était pas par hasard. Tu étais le seul à pouvoir sortir vivant de ce tombeau.

L'enfant-lion baissa timidement les yeux. Il savait que, sans le lion blanc, il n'eût jamais pu quitter la sépulture. Son ami avait raison. Personne d'autre que lui n'eût pu accomplir cette mission. Seulement, il avait dû avoir recours à son divin pouvoir pour la mener à bien. Leonis esquissa un sourire avant de répliquer :

— Je dois avouer que je suis plutôt fier de moi, Menna. Seulement, sans Montu et toi, nous ne serions sans doute pas ici aujourd'hui. Depuis le début de cette quête, ton habileté au combat m'a préservé des flèches empoisonnées des adorateurs d'Apophis et, grâce à l'esprit vif de Montu, nous avons pu résoudre bon nombre de mystères. Sans vous, le deuxième coffre serait encore entre les mains de la momie de Dedephor.

— Nous possédons désormais six des douze joyaux, murmura pensivement Montu. À quoi devons-nous nous attendre, maintenant ? Nous pensions que le second coffre serait moins difficile à récupérer que le premier. Nous étions dans l'erreur. J'espère que le prêtre qui a dissimulé le prochain coffre était moins tordu que le grand voyant d'Héliopolis.

— Aucun homme n'aurait pu être plus tordu que Dedephor, assura Leonis. Même sa momie semble déséquilibrée. Ceux qui ont emporté les autres coffres étaient assurément plus sains d'esprit que cet horrible personnage.

Néanmoins, nous pouvons être sûrs que la suite de notre quête n'aura rien d'aisé.

— D'ici quelques jours, nous nous embarquerons pour retourner à Memphis, annonça Ankhhaef. Je dois d'abord rencontrer le gouverneur du nome où nous nous trouvons. Il enverra des soldats pour surveiller l'entrée du tombeau de Dedephor. Dans peu de temps, le second coffre sera ouvert par Pharaon. Vous aurez alors une idée du lieu où a été caché le troisième coffre.

L'enfant-lion se racla la gorge avant de demander :

— Si vous le permettez, grand prêtre Ankhhaef, j'aimerais me rendre dans la cité de Thèbes. Je veux aller visiter la sépulture de mes parents. Est-ce possible ?

— Bien sûr, Leonis, répondit l'homme de culte. Comment pourrais-je te refuser une telle requête ?

— Je... Merci, grand prêtre, bredouilla le sauveur de l'Empire. Il y a très longtemps que j'ai quitté Thèbes. Ce sera étrange de revoir la ville où je suis né.

— Nous pourrions aller visiter ton ancienne maison, proposa Montu. Celui qui t'a vendu comme esclave ferait une drôle de tête.

— En effet, mon ami. Cela pourrait être amusant. Seulement, je n'ai pas l'intention de me venger. Le maître Pendoua avait le droit de nous vendre, ma sœur et moi. Nous ne faisions pas partie de sa famille. Mon père Khay était le scribe de son père. Le vieux Neferabou était heureux de nous garder sous son toit. Il nous aimait beaucoup, mais il est mort un an après que mes parents se furent noyés dans le grand fleuve. Nous étions orphelins et, contrairement à son père, Pendoua nous détestait. Il ne nous a jamais maltraités, mais il n'avait pas la moindre envie d'assurer notre subsistance. Avec le temps, j'ai compris qu'il était libre de faire ce qu'il voulait de nous. Malgré tout, je ne pourrai jamais lui pardonner de nous avoir séparés, ma chère petite Tati et moi.

Ils discutèrent encore longtemps. L'enfant-lion proposa ensuite à Ankhhaef de lui désigner l'endroit où se situait l'entrée du tombeau de Dedephor. Le grand prêtre accepta et Leonis l'entraîna vers l'ouest. Bien entendu, Montu et Menna les accompagnèrent. Ils atteignirent un terrain inégal et rocheux qui n'était guère très éloigné du campement. Les pierres camouflant l'entrée de la sépulture avaient été habilement disposées. Le travail des hommes se confondait parfaitement avec l'œuvre de la nature. En observant l'emplacement que Leonis leur montrait, Menna déclara :

— Même en cherchant pendant des années, nous n'aurions jamais pu repérer cette entrée. Heureusement que tu as trouvé une autre issue, Leonis. Il aurait été impossible de te libérer de ce tombeau.

Leonis indiqua l'étroite ouverture qui lui avait permis de quitter le tombeau. La pierre plate qu'il avait dû pousser reposait devant l'orifice. L'air songeur, il confia :

— Pendant un moment, j'ai eu la certitude que ce tunnel ne débouchait pas. J'étais sur le point de retourner dans le tombeau lorsque le jour s'est levé. Grâce à la lumière de l'aube, j'ai pu constater que la pierre ne faisait pas partie de la paroi. C'est le dieu-soleil qui m'a guidé. Sinon, je serais encore en train de discuter avec le vieux Dedephor.

Montu s'était penché pour examiner l'intérieur du tunnel. Il sursauta avant de s'écrier :

— Il y a de la lumière au bout de ce passage !

L'enfant-lion sursauta à son tour. Il s'approcha pour se rendre compte que son ami disait vrai. Intrigué, il fronça les sourcils en silence avant de pouvoir expliquer la provenance de cette faible lueur. Il posa alors un regard amusé sur Montu pour dire :

— Cette lumière provient d'une lampe que j'ai abandonnée dans le couloir. Elle s'éteindra sans doute bientôt. Allez, mon vieux. Nous allons remettre cette pierre devant l'ouverture. Le tombeau de Dedephor sera bientôt vidé de ses trésors et les ténèbres envelopperont pour toujours la momie de cet homme maléfique.

— Il aura amplement le temps de digérer sa défaite, plaisanta Montu.

La pierre réintégra sa position, scellant l'accès au tombeau et soulignant la fin d'une autre aventure. Leonis se releva en grimaçant. Son dos le faisait encore souffrir. Il avait laissé beaucoup de sueur, quelques larmes et un peu de sang dans les entrailles de l'ultime jeu. Toutefois, les infimes douleurs et la douce fatigue qu'il éprouvait n'atténuaient en rien la fierté qui comblait son cœur. L'enfant-lion entoura de son bras les épaules de Montu et ils rejoignirent ensemble le soldat et le prêtre. En silence, ils se dirigèrent vers le campement. Il ne restait que deux coffres à retrouver pour livrer l'offrande suprême qui calmerait la colère de Rê. Le sauveur de l'Empire et ses compagnons avaient déjà gravi la moitié de cette hasardeuse montagne que représentait la quête des douze joyaux de la table solaire. Tout était possible désormais. L'espérance venait de faire un pas de plus sur la terre de la certitude. La glorieuse Égypte connaîtrait son salut.

# 21
# LA PROPOSITION
# DE BASTET

Seth faisait de son mieux pour masquer sa contrariété. Assis sur son trône d'or, il fixait Bastet de ses yeux gris aux reflets changeants. La déesse-chat n'était guère intimidée. Elle soutenait sans frémir le regard du tueur de la lumière. D'une voix froide, elle demanda:

— Que prépares-tu, Seth? Pourquoi ne veux-tu pas me répondre?

— Je n'ai rien à te répondre, Bastet. Je ne sais absolument pas de quoi tu parles.

— Cesse donc de me mentir, répliqua calmement la déesse. L'un de tes serviteurs est en route pour le Temple des Ténèbres. Tu lui as sans doute ordonné d'aller prêter main-forte aux adorateurs d'Apophis.

— Comment peux-tu oser prétendre une chose pareille, Bastet? Je combats Apophis chaque nuit. Tu crois vraiment que je voudrais venir en aide à ses stupides adorateurs? Je sais que Merab se dirige vers le Temple des Ténèbres. Seulement, je n'ai rien à y voir. Baka sait qui il est. Mon sorcier a aidé ses hommes à retrouver la sœur de ton protégé. Je ne suis pas intervenu dans l'enlèvement de cette enfant. Il arrive que les mortels tissent des liens sans avoir besoin de nous, Bastet.

— Tu dois arrêter Merab, Seth. Il ne doit pas intervenir dans la quête de l'enfant-lion.

Seth descendit du trône pour faire quelques pas sur les dalles de quartzite de son temple. Bastet resta immobile. Le dieu des ténèbres fit mine de réfléchir. Il contourna deux fois son divin siège avant de s'immobiliser devant sa visiteuse. Il lui adressa un sourire et, sur un ton tranchant, jeta :

— Non, Bastet. Je n'arrêterai pas mon sorcier. Aucune loi ne m'oblige à le faire.

— Le grand cataclysme fera ton bonheur, Seth.

— Bien sûr, Bastet. Je serai alors votre maître à tous. Mais je ne serai pas responsable de la fin des fins. C'est le destin qui aura voulu que les choses se déroulent ainsi.

— Je ferai en sorte d'arrêter Merab, menaça la déesse.

— Ne t'en empêche surtout pas, ma chère ! Si tu tentes quoi que ce soit contre Merab, je serai libre d'éliminer l'enfant-lion. Tu ne peux intervenir, Bastet. Tu le sais bien. Et puis, contrairement à ce que pensent de moi les dieux, je suis très honnête.

— Cesse de dire des bêtises ! Un dieu honnête n'aurait pas assassiné son frère !

— Cela s'est passé il y a si longtemps… Vous me condamnez encore pour ce geste alors que j'ai sauvé la vie de Rê plus de mille fois. Je fais preuve de bonne volonté en protégeant le dieu-soleil. Est-ce ma faute si une étoile menace les hommes ? Le grand cataclysme fera de moi le dieu des dieux. J'en serai heureux, mais je n'aurai rien provoqué. Il faut savoir accepter le destin. Toutes les divinités savent que je me moque de l'équilibre de l'univers. Je suis le seul parmi vous qui voudrait d'un monde sans vie. Je ne tiens pas à devenir le dieu suprême de ces insignifiants mortels. Je veux régner sur un seul royaume : celui des dieux.

À son tour, Bastet fit quelques pas dans la salle. Elle contourna le trône, effleura son dossier orné de scorpions et déclara :

— Puisque tu dis que tu es honnête, je te propose un marché, Seth.

— Je suis curieux de connaître ta proposition, ma chère.

— Je veux que tu m'autorises à contrer Merab en utilisant une créature qui sera son égal.

— Il n'existe aucune créature semblable, Bastet. À moins que… à moins que la prisonnière des dunes ne soit libérée. Tu ne voudrais tout de même pas que…

— Oui, Merab. Je suis prête à prendre le risque d'envoyer l'enfant-lion libérer la sorcière d'Horus. Cette femme est le seul être qui peut opposer ses pouvoirs à ceux de ton serviteur.

— Tu oublies que ton protégé devra franchir mon territoire, Bastet. Dans le désert, j'ai le droit de faire ce qu'il me plaît des mortels.

— Je le sais, Seth. Mais tu n'es pas le seul à posséder ce privilège. Horus et Rê peuvent intervenir également.

— Rê n'interviendra pas. Ton père ne s'abaisserait jamais à se mesurer à moi. Cependant, si ce pleurnichard d'Horus est prêt à m'affronter, je n'ai rien contre, ma chère. J'espère que tu assisteras à notre duel…

— Je n'y manquerai pas, Seth. Horus est d'accord avec ma proposition. Après tout, la prisonnière des dunes lui appartient. Il compte bien reprendre ce que tu lui as ravi.

— Je ne lui ai rien volé, Bastet. Cette folle s'est opposée à Merab. Horus a prétendu qu'il ne lui avait pas ordonné d'agir ainsi, mais j'en doute fort. Mon sorcier l'a entraînée dans le désert. Ce fut vraiment un beau combat! Si elle ne s'était pas réfugiée dans une oasis, elle serait morte. Elle est toujours en vie, mais je ne m'en inquiète pas. Elle ne quittera jamais son oasis.

— Tu sous-estimes le sauveur de l'Empire, Seth.

— Il faut être réaliste, Bastet. En premier lieu, il faudra qu'Horus remporte le duel qui m'opposera à lui. Si Leonis parvient à atteindre l'oasis, j'aurai perdu la partie. La prisonnière des dunes ne sera cependant pas encore libérée du sort que Merab lui a jeté autrefois. Je ne crois pas que Leonis sera capable de trouver la clé qui rompra ce charme.

— L'enfant-lion est très brillant, Seth. J'ai confiance en lui. J'ai la conviction qu'il parviendra à libérer la prisonnière des dunes. En ce qui concerne le duel, la déesse Maât établira les règles et veillera à ce qu'elles soient respectées.

— Cela me convient, ma chère. Je ne suis pas un tricheur. Tu cours vraiment un gros risque en me lançant un tel défi.

— Je dois à tout prix arrêter ton serviteur, Seth. Je sais que tu lui as ordonné de se rendre auprès des ennemis de la lumière.

Comme il l'a fait par le passé, Merab se mettra à la disposition de tes alliés, mais ne proposera pas de plan pour contrer tes adversaires. Il attendra qu'on l'interroge. C'est de cette façon que tu procèdes pour que l'on ne t'accuse pas d'intervenir dans la vie des mortels. Malgré tes prétentions, tu n'es qu'un tricheur, Seth. Nous le savons tous. Je ne doute pas que Leonis risque de périr dans le désert. Seulement, sans la prisonnière des dunes, il sera à la merci de ton horrible sorcier. Il devra libérer cette femme pour pouvoir achever sa quête.

— Je ne triche jamais, Bastet. Toi, tu triches. Tu as manœuvré pour accorder à Leonis la faculté de se métamorphoser en lion. Sans cette particularité, le sauveur de l'Empire serait mort. Et je te soupçonne de communiquer avec lui.

— Je me moque de tes soupçons. Puisqu'il se trouvait dans un lieu divin lorsque je lui ai conféré ce pouvoir, j'étais libre d'agir à ma guise. Je dois maintenant te quitter, Seth. Je te demanderais de ne pas revenir sur ta décision. Ce duel doit avoir lieu.

— Comment pourrais-je renoncer à un tel divertissement, ma chère ? Je vais bien m'amuser ! J'éprouve toujours beaucoup de plaisir à vaincre mon neveu Horus. En outre, la mort de l'enfant-lion confirmera mon futur règne. Lorsqu'il sera sur mon territoire, tu ne pourras rien faire pour l'aider.

Bastet ne répondit rien. Elle se volatilisa comme une fumée dans le vent. Seth demeura longtemps sans bouger. Lorsqu'il se dirigea vers son trône, un large sourire éclairait son beau visage. La déesse-chat venait de lui offrir une chance inespérée d'anéantir l'enfant-lion. Un peu plus tôt, Seth avait été furieux de constater que le sauveur de l'Empire avait mis la main sur le second coffre. Ce mortel était brave et adroit. S'il triomphait du dieu Horus, le tueur de la lumière n'éliminerait peut-être pas Leonis. Pendant un instant, il se proposa d'en faire un jouet, comme il l'avait fait avec Merab. Cependant, Seth rejeta rapidement cette idée. Dans un monde sans vie, il n'aurait plus besoin de serviteurs pour tourmenter les hommes. Le sauveur de l'Empire ne survivrait pas à son expédition dans le désert. Bastet le verrait mourir sous ses yeux. Seth caressa les accoudoirs de son trône. Dans la solitude de son temple, le tueur de la lumière laissa libre cours à la retentissante cascade de son rire maléfique.

# LEXIQUE
# DIEUX DE L'ÉGYPTE
# ANCIENNE

**Apophis**: Dans le mythe égyptien, le gigantesque serpent Apophis cherchait à annihiler
le soleil Rê. Ennemi d'Osiris, Apophis était
l'antithèse de la lumière, une incarnation des
forces du chaos et du mal.

**Bastet**: Aucune déesse n'était aussi populaire
que Bastet. Originellement, Bastet était une
déesse-lionne. Elle abandonna toutefois sa
férocité pour devenir une déesse à tête de
chat. Si le lion était surtout associé au
pouvoir et à la royauté, on considérait le chat
comme l'incarnation d'un esprit familier. Il
était présent dans les plus modestes demeures
et c'est sans doute ce qui explique la
popularité de Bastet. La déesse-chat, à l'instar
de Sekhmet, était la fille du dieu-soleil Rê.
Bastet annonçait la déesse grecque Artémis,

divinité de la nature sauvage et de la chasse.

**Isis**: Épouse d'Osiris et mère du dieu-faucon Horus. Isis permit la résurrection de son époux assassiné par Seth. Elle était l'image de la mère idéale. Déesse bénéfique et nourricière, de nombreuses effigies d'Isis la représentent offrant le sein à son fils Horus.

**Hathor**: Déesse représentée sous la forme d'une vache ou sous son apparence humaine. Elle fut associée au dieu céleste et royal Horus. Sous l'aspect de nombreuses divinités, Hathor fut vénérée aux quatre coins de l'Égypte. Elle était la déesse de l'Amour. Divinité nourricière et maternelle, on la considérait comme une protectrice des naissances et du renouveau. On lui attribuait aussi la joie, la danse et la musique. Hathor agissait également dans le royaume des Morts. Au moment de passer de vie à trépas, les gens souhaitaient que cette déesse les accompagne.

**Horus**: Dieu-faucon, fils d'Osiris et d'Isis, Horus était le dieu du Ciel et l'incarnation de la royauté de droit divin. Successeur de son père, Horus représentait l'ordre universel, alors que Seth incarnait la force brutale et le chaos.

**Maât**: Déesse de la vérité et de la justice, Maât est le contraire de tout ce qui est sauvage, désordonné, destructeur et injuste. Elle était la mère de Rê dont elle était aussi la fille et l'épouse (c'est une aberration, mais l'auteur n'invente rien!).

**Osiris**: La principale fonction d'Osiris était de régner sur le Monde inférieur. Dieu funéraire suprême et juge des morts, il faisait partie des plus anciennes divinités égyptiennes. Il représentait la fertilité de la végétation et la fécondité. Osiris était ainsi l'opposé ou le complément de son frère Seth, divinité de la nuit et des déserts.

**Ptah**: Personnage au crâne rasé et enserré de bandelettes de lin blanc, on représentait Ptah par un potier. On vénérait ce dieu en tant qu'artisan du monde. Il était le souffle à l'origine de la vie. Cette divinité était principalement vénérée à Memphis.

**Rê**: Le dieu-soleil. Durant la majeure partie de l'histoire égyptienne, il fut la manifestation du dieu suprême. Peu à peu, il devint la divinité du Soleil levant et de la Lumière. Il réglait le cours des heures, des jours, des mois, des années et des saisons. Il apporta l'ordre dans l'univers et rendit la vie possible. Tout pharaon devenait un fils de Rê, et chaque défunt était désigné comme Rê durant son voyage vers l'Autre Monde.

**Sekhmet**: Son nom signifie « la Puissante ». La déesse-lionne Sekhmet était une représentation de la déesse Hathor. Fille de Rê, elle était toujours présente aux côtés du pharaon durant ses batailles. Sekhmet envoyait aux hommes les guerres et les épidémies. Sous son aspect bénéfique, la déesse personnifiait la médecine et la chirurgie. Ses pouvoirs magiques lui permettaient de réaliser des guérisons miraculeuses.

**Seth**: Seth était la divinité des déserts, des ténèbres, des tempêtes et des orages. Dans le mythe osirien, il représentait le chaos et la force impétueuse. Il tua son frère Osiris et entama la lutte avec Horus. Malgré tout, il était considéré, à l'instar d'Horus, comme un protecteur du roi.

**Sobek**: Le dieu-crocodile. L'une des divinités les plus importantes du Nil. Par analogie avec le milieu naturel du crocodile, on l'associait à la fertilité. On le vénérait sous son apparence purement animale, ou sous l'aspect composite d'une figure humaine à tête de crocodile. On craignait Sobek, car il appartenait au royaume du dieu Seth. Le dieu-crocodile, une fois maîtrisé et apaisé, était un protecteur efficace du pharaon.

# PHARAONS

**Khéops** (aux alentours de 2604 à 2581 av. J.-C.) : Deuxième roi de la IV$^e$ dynastie, il fut surnommé Khéops le Cruel. Il fit construire la première et la plus grande des trois pyramides de Gizeh. La littérature du Moyen Empire le dépeint comme un souverain sanguinaire et arrogant. De très récentes études tendent à prouver qu'il est le bâtisseur du grand sphinx de Gizeh que l'on attribuait auparavant à son fils Khéphren.

**Khéphren** (de 2572 à 2546 av. J.-C.) : Successeur de Djedefrê, ce pharaon était l'un des fils de Khéops et le bâtisseur de la deuxième pyramide du plateau de Gizeh. Il eut un règne prospère et paisible. La tradition rapportée par Hérodote désigné ce roi comme le digne successeur de son père, un pharaon tyrannique. Cependant, dans les sources égyptiennes, rien ne confirme cette théorie.

**Bichéris** (Baka) (de 2546 à 2539 av. J.-C.) : L'un des fils de Djedefrê. Il n'a régné que peu de temps entre Khéphren et Mykérinos. Il projeta et entreprit la construction d'une grande pyramide à Zaouiet el-Aryan. On ne sait presque rien de lui. L'auteur de Leonis lui a décerné le rôle d'un roi déchu qui voue un culte à Apophis. La personnalité maléfique de Baka n'est que pure fiction.

**Mykérinos** (de 2539 à 2511 av. J.-C.) : Souverain de la IV^e dynastie de l'Ancien Empire. Fils de Khéphren, son règne fut paisible. Sa légitimité fut peut-être mise en cause par des aspirants qui régnèrent parallèlement avant qu'il ne parvienne à s'imposer. D'après les propos recueillis par l'historien Hérodote, Mykérinos fut un roi pieux, juste et bon qui n'approuvait pas la rigidité de ses prédécesseurs. Une inscription provenant de lui stipule : « Sa Majesté veut qu'aucun homme ne soit pris au travail forcé, mais que chacun travaille à sa satisfaction. » Son règne fut marqué par l'érection de la troisième pyramide du plateau de Gizeh. Mykérinos était particulièrement épris de sa grande épouse Khamerernebty. Celle-ci lui donna un enfant unique qui mourut très jeune. Selon Hérodote, il s'agissait d'une fille, mais certains égyptologues prétendent que c'était un garçon. On ne connaîtra sans doute jamais le nom de cet enfant. La princesse Esa rencontrée par Leonis est un personnage fictif.